三千深情集於此——

圖解詩經

高儕鶴——著

呂珍玉——審訂

十五國星次紀候圖

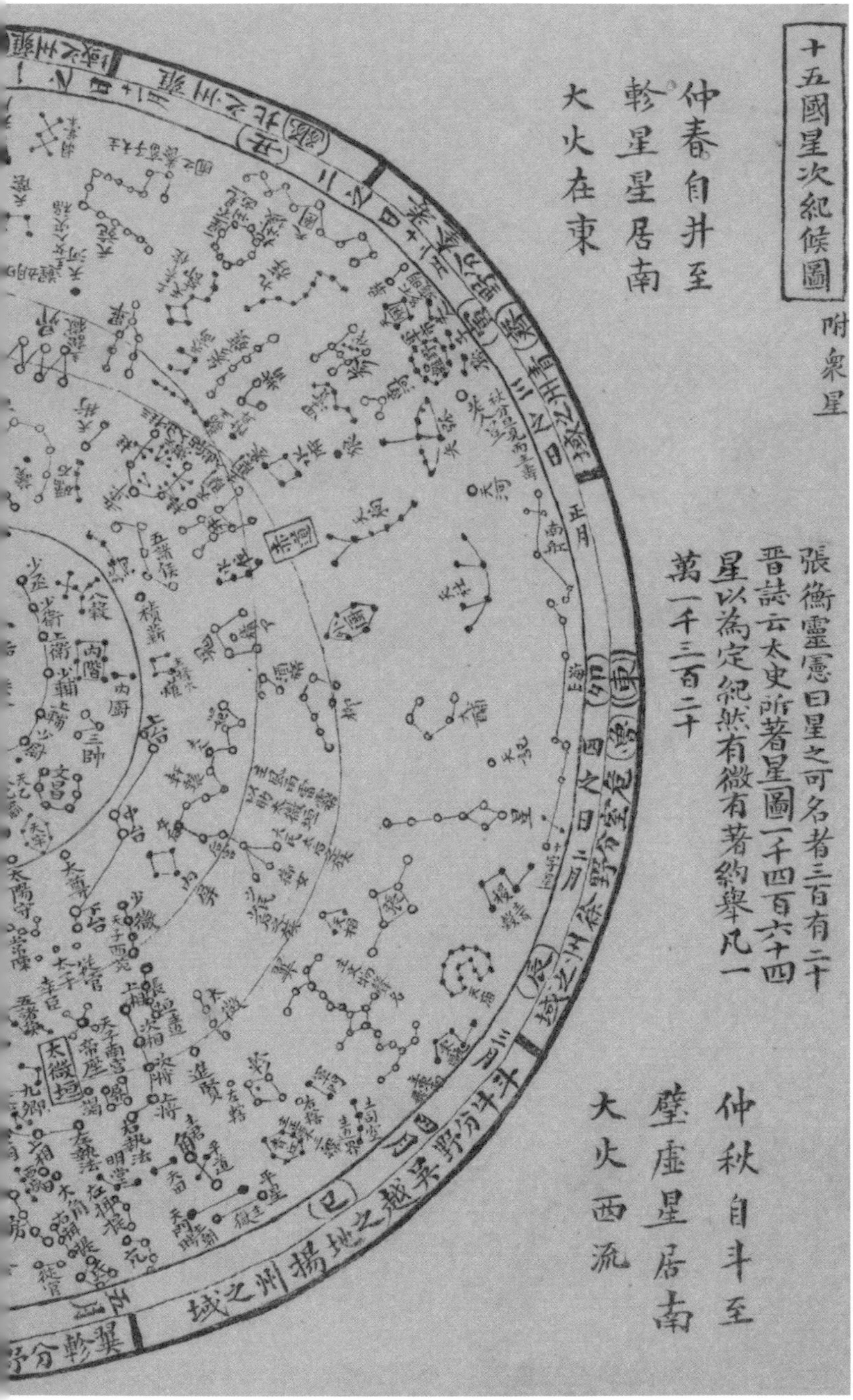
十五國星次紀候圖
附衆星
仲春自井至
軫星星居南
大火在東
張衡靈憲曰星之可名者三百有二十
晋誌云太史所著星圖一千四百六十四
星以為定紀然有微有著約舉凡一
萬一千三百二十
仲秋自斗至
壁虛星居南
大火西流

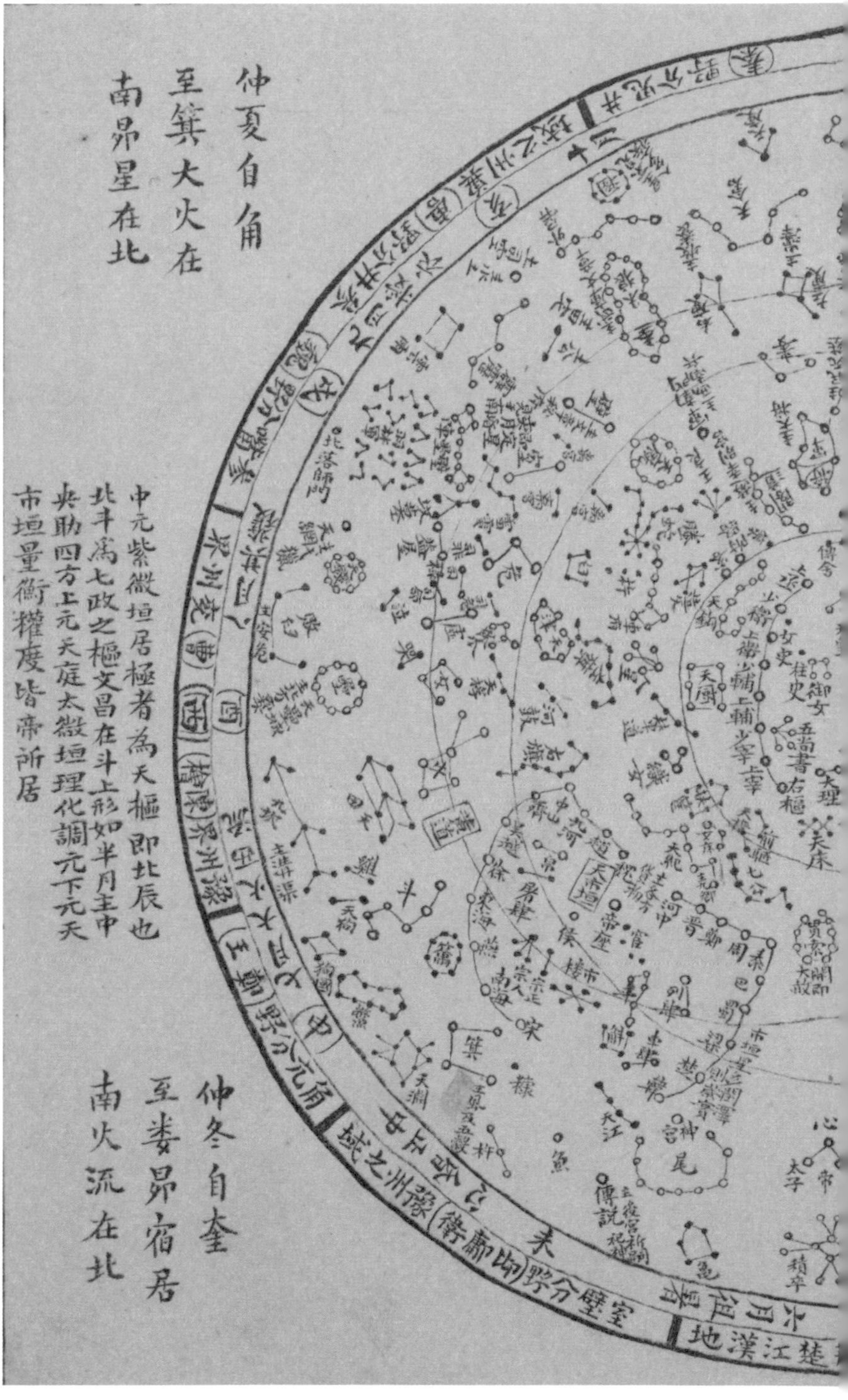
仲夏自角
至箕大火在
南昴星在北
中元紫微垣居極者為天樞即北辰也
北斗為七政之樞文昌在斗上形如半月主中
央助四方上元天庭太微垣理化調元下元天
市垣量衡權度皆帝所居
仲冬自奎
至婁昴宿居
南火流在北

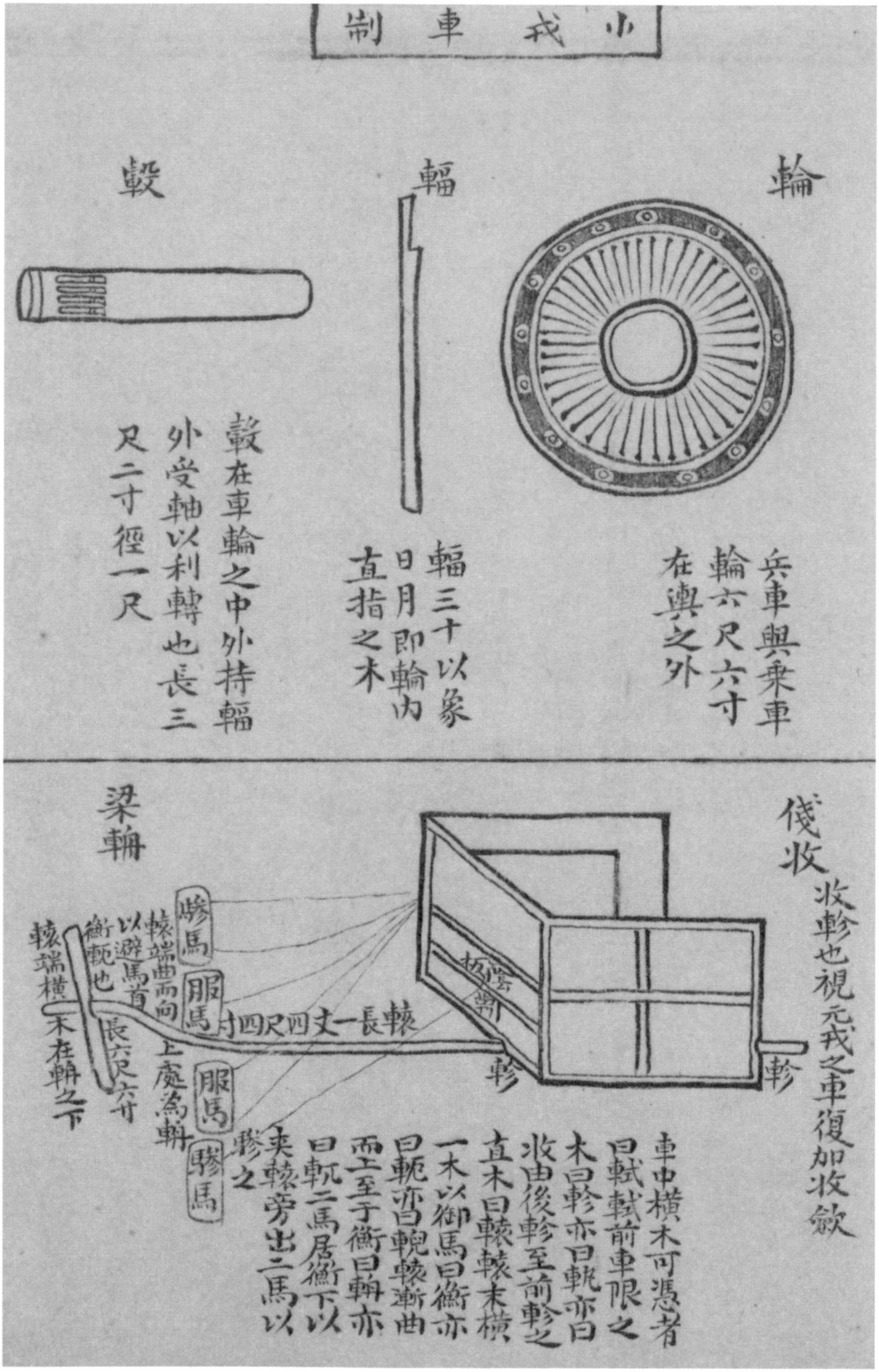
小戎車制
輪
兵車輿乘車輪六尺六寸在輿之外
輻
輻三十以象日月即輪內直指之木
轂
轂在車輪之中外持輻外受軸以利轉也長三尺二寸徑一尺
俴收
收軫也視元戎之車復加收歛
梁輈
軫
軫
輈長一丈四尺四寸
驂馬
服馬
服馬
驂馬
輈端橫一木在輈之下
衡軛也
輈端曲而向上以避馬首
長六尺六寸
上處為輈
驂之
車中橫木可憑者曰軾軾前車限之木曰軫亦曰軓亦曰收由後軫至前軫之直木曰輈輈末橫一木以御馬曰衡亦曰軛亦曰輗輈漸曲而上至于衡曰輈亦曰軏二馬居衡下以夾輈旁出二馬以

厹矛

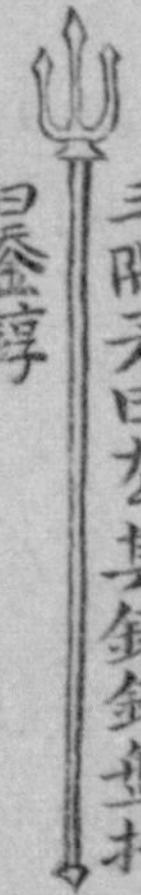

三隅矛曰厹其銷銀盤托曰鋈錞

伐

中盾車上衛蔽者苑文蔡也蒙文蔡于盾上故曰蒙伐有苑

已上車制器械恐詮解未晰分列圖式以備參詳

觼

環之有舌者扣于軾前及陰板之上軜驂內轡也以轡之紉帶扣于觼環之內故曰觼軜鋈以觼言銷銀觼也

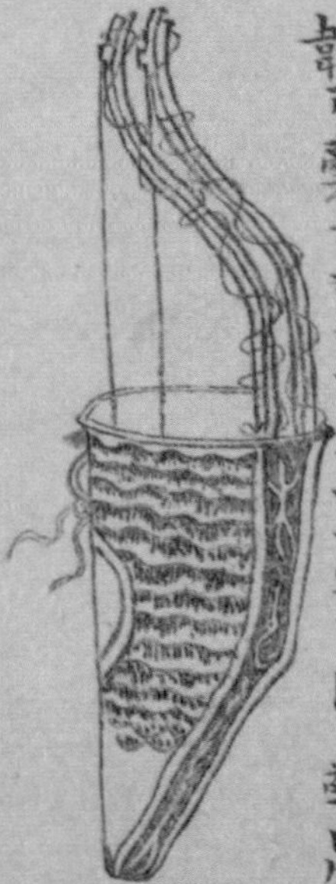

韔弓囊文韔以二弓交置囊中閉弓檠以竹為之縛于弓之裏恐弓之不正也緄即繩縢縛也

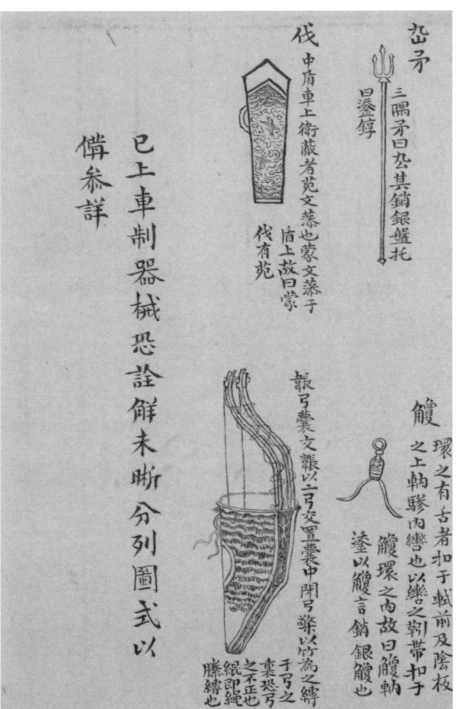

作者
高儕鶴

江蘇長洲人，號蓼莊、後愚、石湖愚者。約生於順治十六年（一六五九），卒年不詳。為清初知名畫家高簡同族後人，與王翬、戴峻等人交游。曾撰哀悼江蘇巡撫、理學名臣湯斌挽詩，受其知遇之恩，自署長洲博士弟子員，其後仕途未見載籍。生平資料所知不多，僅留下《詩經圖譜慧解》一書傳世。

審訂者
呂珍玉

東海大學退休教授，學術專長古籍訓解、詩經。治學以小學通經學，秉持嚴謹學術態度，著有《高本漢詩經注釋研究》等多種學術著作；配合教學撰有《詩經詳析》等多部教科書，更與時俱進，推行《詩經》經典現代化寫作，與諸生聯合撰寫《閱讀詩經》等系列著作，並指導研究《詩經》碩、博士生無數。雖退職依然優游《詩經》的世界，想慕來自遠古的溫柔敦厚。

推薦序

詩畫交感，美不勝收

國立中正大學退休教授　莊雅州

《詩經》之有圖譜，由來已久，早在梁代，有《毛詩圖》三卷，唐有《毛詩草木蟲魚圖》二十卷，宋有馬和之《毛詩圖》三卷，可惜這些古圖均已亡佚，今所得見者，在中土首推徐鼎之《毛詩名物圖說》（一七七一），在東瀛則屬岡元鳳之《毛詩品物圖考》（一七八五）。二書圖文互為經緯，時代如此接近，性質如此相類，皆為研讀《詩經》時不可不備之要籍。余夙好名物訓詁，先後撰就三篇論文加以評述及比較，今並收入《會通養新樓經學研究論集》中。脫稿以後，深深期待第三本古代《詩經》圖譜能早日問世，不過數年，宿願竟然得償，真是喜出望外。

清初高儕鶴的《詩經圖譜慧解》（一七一三），從初稿歷經重寫、重校、重錄、重摹，窮稽博考，精益求精，費時二十餘年，宛如精衛填海。可惜沈霾三百餘年，雖曾有文海出版社《清代稿本百種彙刊》本複印，然圖繪影印模糊，通行不廣。此番國家圖書館珍藏、呂珍玉教授導讀重編、聯經出版公司精印的《圖解詩經》，攝取全書精華，即將以全新的面貌風華重現，真是學界一大盛事。

《詩經圖譜慧解》成書早於徐鼎、岡元鳳二書半世紀以上，雖同樣圖文並茂，考辨用心，兼具經學、文學、藝術價值，但三書性質不甚相同，各有特色。例如徐、岡二書以草木鳥獸之圖考為重；高書則廣及天文、輿地、車制、器械，而以配合詩境之山川風物、人文百態為主。又如徐、岡二書結合動植物性狀與《詩經》意象來間接探索詩旨；高書則直接以圖文相輔來披露勞人思婦之心、稼穡艱難之意，教忠教孝，寓意深遠。再如在文字方面，徐書引書一三六種，以漢學為主，岡書引書六十餘種，漢宋皆宗，重點均在名物訓詁；高書則引書一〇八家，也是漢宋皆宗，除逐篇臚列詩譜、詩旨、分章釋義、析論外，卷一前更附有〈後愚詩說〉、〈詩義參詳〉、〈詩經圖譜引義〉，儼然為一完整的《詩經》學專著。復如在圖繪方面，徐書收圖二五五幅，為作者手繪，重在寫意，岡書收圖二一一幅，出自畫人橘國雄之手，工筆為之：高書則收圖九十一幅，作者自繪者七十六幅，其餘十五幅出自王翬、高簡、戴峻等六位名家之手，完成上色者近半，每幅畫後附有畫意題解，不啻如穆梭斯基的「展覽會之畫」，具有極高的藝術價值。

《圖解詩經》一書保留高書圖繪，刊落繁富文字，只取簡明扼要的圖解、釋義，展卷之際，左圖右詩，詩情畫意，可以賞心悅目，涵泳體會，進而透過雅俗咸宜、廣為流傳的方式，使《詩經》的閱讀蔚然成風，豈非美事一樁？至於專家學者有意作深入研究者則不妨借助本書詳盡的「導讀」，按圖索驥，去找高氏原稿或文海《彙刊》本，當另有一番收穫。當然，倘若典藏機構及出版公司能將全書以精美之姿完整付印，那更是功德無量了。

莊雅州序於台北　二〇二〇年九月

名人推薦（依姓氏筆劃排列）

「詩中有畫，畫中有詩」向來是中國詩歌與藝術追求的境界，清代文人高儕鶴另闢蹊徑——以畫闡詩，圖解《詩經》。廣泛結交鄉賢知名畫家，取可以觀感之詩篇，於勾、皴、點、染中，狀畫《詩經》三百篇之風景，將詩意與畫境融為一體，展卷便如置身其中，引發無盡的遐思空間。高儕鶴窮盡畢生之力撰述繪製《詩經圖譜慧解》，精誠之至，炯然如日，使此書成為傳世至寶。高氏的生平事跡雖不為世人熟知，然而只要人們見其畫而生興感，他於《詩經》教化之功勞便如萬炬烜赫。東海大學呂珍玉教授長期致力於《詩經》的現代化工程，運用流暢清晰的文筆，對此書進行了詳盡的介紹與精確的解說，精彩再現了《詩經圖譜慧解》的風華。

——國立政治大學中文系教授　車行健

「春日遲遲，卉木萋萋，倉庚喈喈，采蘩祁祁」，三百年前，長洲生員高儕鶴的春天雖然姍姍來遲，卻讓人充滿期待。他穿越千載雲煙，化作《詩經》汪洋的精衛，銜啄史事、制度之墜緒，窮稽博考。以詩人情志之正旨為經，山川風物之設色為緯，歷時二十餘年，織綴出《詩經圖譜慧解》之珍帛，翰墨丹青，流光溢彩。虛象實景，風教興感；景物歷歷，展卷即得。高氏特誡子孫，將其作為傳家珍秘，「倘此書日後當見於世，必有深愛者撫摩精緻而雕畫之」。三百年後的一個春日，呂珍玉教授的精心釋義，將其生命重新點亮。誠邀您做為一位深愛者，細細品讀文字，摩挲《詩經》精神世界之圖景，遙體高氏摹形寫照之苦心。

——國立臺灣大學、世新大學中國文學系退休教授　洪國樑

目次

小雅

大雅

導讀

圖解《詩經》
——三百年前的繪本，高儕鶴《詩經圖譜慧解》風華重現

前東海大學中文系教授　呂珍玉

高儕鶴生平資料罕見，僅留下《詩經圖譜慧解》一書傳世。康熙己丑十月下旬所寫〈詩經圖譜慧解引義・論子貢詩傳〉述及「予年五十得見此本（《子貢詩傳》）」，推測他約生於順治十六年（一六五九），卒年不詳。江蘇長洲人，號蓼莊、後愚、石湖愚者。《湯氏家譜》收錄他哀悼康熙時江蘇巡撫、理學名臣、清代八大文正公之首湯斌〈丁卯十月十一日睢州湯夫子卒，聞訃痛悼，爰志挽辭四十言，以述知遇之感〉挽詩，自署長洲博士弟子員高儕鶴，丁卯年（一六八七）高氏年約二十八歲，知他曾受湯斌知遇之恩，一生仕途未見載籍，訊息闕如。

今藏國家圖書館（以下簡稱國圖）《詩經圖譜慧解》，版本資料如下：

十卷二十冊／（清）高儕鶴撰／清康熙間著者第三次手稿本。

版匡高十九・八公分，寬十四・八公分。

四周單邊。每半葉九行，行二十二字，註文小字雙行，字數同。版心白口，上

方記書名，中間記卷第、三體名，下方記葉次，再下記「高子撰錄」。

正文卷端題「詩經圖譜慧解卷之一刪後正脈　長洲高儕鶴蓼莊父譔述　周南」

跋：「古吳高儕鶴後序」

藏印：「國立中／央圖書／館考藏」朱文方印、「後愚」朱文長方印、「高印／儕鶴」白文方印、「蓼／莊」朱文方印、「海鹽／陳敏／求眼福」白文方印、「蓼莊」朱文橢圓印、「儕」「鶴」朱文連珠方印、「聽雨樓／查氏有圻珍／賞圖書」白文方印、「石湖／愚者」朱文方印、「觴詠／圖書」白文方印。

版本類型：寫本。[1]

從藏書印得知此書曾經歷嘉慶時天津鹽商查有圻（生卒年不詳）、道光時海鹽陳敏求（生卒年不詳）珍藏，後來如何歸國圖所有，據該館退休館員盧錦堂說：

戰時，協助本館前身中央圖書館蒐購珍貴古籍的「文獻保存同志會」成員鄭振鐸，於民國二十九年五月一日寫給另一成員張壽鏞的信中，提及此編，說：「中國書店又交來《詩經圖譜》一部，計十二（疑為「二十」之誤）冊，繪畫甚佳，是『美術』品，非僅『著作』也。初索價甚昂，經數日之接洽，大約可以八百元收之。如嫌過昂，則還之可也。惟彼輩擬攜寧（南京），售之某奸，故甚躊躇，

1 見國家圖書館藏高儕鶴《詩經圖譜慧解》書籍紀錄，撰者增補板框「四周單邊」。

不欲放手。乞鑑閱並裁決。」想必後來裁決收購，故現藏本館善本書庫。幸甚！險甚！[2]

如此罕見精美《詩經》注本，輾轉從富可敵國鹽商、藏書家手中流出，又險些流落南京，慶幸終被國圖珍藏。高氏手抄本今除國圖珍藏外，僅見於北京中國國家圖館。目前通行文海出版社《清代稿本百種彙刊》係據手抄本複印[3]，然圖繪影印模糊，更見此本清晰精美。

高氏在正文後序自述撰書過程：「自庚午（康熙二十九年，一六九〇）至丁亥（康熙四十六年，一七〇七），績思程課，得就粗稿。至己丑（康熙四十八年，一七〇九）冬，增修始畢，前後屈指已二十餘年。」卷十尾題後，又記曰：「康熙五十二年癸巳（一七一三）五月十日長洲高儕鶴重訂畢」，自「得就粗稿」，經「增修畢」，至「重訂畢」，期間無數次重寫、重校、重錄、重摹，今本圖繪仍有過半尚未著色，知非最後定本，見其撰述審慎態度。書末所附，庚寅（康熙五十九年，一七一〇）又七月二十七日〈家訓〉囑後人曰：

今人儲仇、唐畫一幅，懸之，見聞不加益，學問不加長，性情不終移，市美於人曰：「此千金之值也。」如愚著是編，耗二十餘年，精衛窮稽博考，實使古聖賢正旨千載復章，使文人學士之心，一見而生興感，且山川風物，展卷而得異趣。非千古以來之珍賞乎！以之世寶，曰某氏有傳家物，是吾願也。一是集不可假借於人，致遺失汙損，令渠無限苦心為不肖子孫輕擲也。倘此書日後當見于世，必有深愛者撫摩，精致而雕畫之，自宜公之同志，但不可攙入俗解，失此真面目也。

高氏深感今人家中懸掛明代畫家仇英、唐寅的畫，然而不能增廣見聞，增長學識，改變性情，向人誇耀名畫價值千金，還不如自己耗費二十餘年心力（約從三十一歲至五十三歲，一六九〇—一七一三），效法精衛窮稽博考毅力，以古聖賢正旨千載復章為職志，期望文人學士讀詩興感，展玩畫中山川風物異趣。豈非千古以來珍賞，流傳以為世寶嗎？殷切叮囑子孫珍惜，同志深愛。並特別鈐「石湖／愚者」別號印，以及「觴詠圖書」藏書印為記。又全書〈尾言〉再叮囑：「異日好從事者，不宜以板俗習見之語攙入，則共愛矣！」足見高氏珍視此書，注經執著，不容俗見，一生功名只解《詩》，但期子孫永保，知音共愛微願。

書名「圖譜」係因全書有圖有譜，據〈詩經圖譜目〉曰：「圖狀其情也，譜彙子夏、子貢、申、毛、韓、鄭、朱子及各傳家而合參者言。」先說全書主體「譜」，指的是經文的注解，然而書中亦言「存其圖譜」，圖譜合稱指繪圖，無須太過拘泥名稱。在卷一〈關雎〉正文前，附有〈後愚詩說〉、〈詩義參詳〉、〈詩經圖譜引義〉（包括

2見盧錦堂〈詩情書意—《詩經圖譜慧解》國家圖書館古籍善本雜詠之五〉，《全國新書資訊月刊》頁八至九，民國九十九年十月號（全文亦收入本書，請見頁二〇六）。

3僅〈附家訓〉手抄本置全書之末，而文海複印本挪前放在〈古今源流〉後，〈詩經圖譜目〉前。

古今源流辨、詩家源流、論序、論樂歌、論子貢詩傳等共二十五條），提供注詩依據、引用典籍、作者詩經學觀點、著書期許等重要資訊。

經文注釋體例大致依詩譜、詩旨（總義、提綱、大意未必每首都有）、分章釋義、析論之次序進行。高氏所處清代前期，《詩經》研究大致上有宋學式微，清學逐漸形成的特點，學者論《詩》雜採漢宋，多數稍偏於漢。高氏注詩不主一家，匯集子夏《詩序》、子貢《詩傳》、申培《詩說》、毛亨《傳》、韓詩《傳》、鄭玄《箋》、朱熹《詩集傳》等歷代重要注家說詩，在〈詩義參詳〉正引列出一百零八家之多，其中甚多宋、明注家之見。〈後愚詩說〉曰：「詩之有序與傳也，猶易之有彖、象、文言，春秋之有三傳也。如序、傳可廢，詩之原委，茫然無端，亦何從摹狀其性情、窺尋其體貌乎？」因此，「于說詩之意，不背乎朱子；序詩之由，必附以序傳，庶好古者不致執卷而坐暗室矣。」又曰：「茲于篇什之倫次，仍依集傳，于序、傳二書，用以參詳。」可見他說詩旨大抵折衷於子夏《小序》、子貢《詩傳》、朱子《集傳》諸家之間，論詩次雖仍《集傳》，但以子貢《詩傳》參照。稍早於高氏的毛奇齡（一六二三—一七一六）、姚際恆（一六四七—約一七一五）等人已對偽書子貢《詩傳》、申培《詩說》提出考證質疑，高氏對這兩本偽書評價極高，書中引證未必全都可從，學者應加仔細辨析[4]。又為使詩旨更加彰顯，〈後愚詩說〉曰：「詩既各有所指矣，比閱竹書、春秋三傳，具有實事，遂用綱目例，標之章句之首。而確有可證者，間用編年，蓋以經證史，以史合經，彌復較然。」他採用經史互證以彰顯詩義，因仍《詩序》、《詩傳》以史說詩闡揚王化。綜觀此書，誠如高氏自言：「備採群言，思得風人真趣，故按年記課，意想神參。」是一部博採眾說，出以己意，按年著述，兼具經學、文學，配以圖解之作。

再說全書附「圖」部分，〈詩經圖譜目〉總目共計九十頁圖（應是九十一頁之誤），二南凡十有八圖、變風凡三十有六圖（應是三十有九圖之誤）、小雅凡十有八圖、大雅凡十圖、三頌凡有六圖，圖繪分別安插在各卷之首。另附有〈天垣星次紀候圖〉、〈十五國地輿圖考〉、〈小戎車制〉、〈小戎器械〉、〈日月交食圖〉，首圖〈十五國星次紀候圖〉，係天文星座圖，具有濃厚的西洋意味，應是受到明末西方傳教士帶來曆學知識的影響。這些附圖係恐讀詩解釋未晰，分列圖式，以備參詳。

注解《詩經》附上圖繪，今存以高氏此書最為齊全。卷一二南十八圖目後曰：「三百篇之繪圖也，其來舊矣，曾覽類書、畫譜，載宋孝宗朝命工部侍郎馬和之繪三百篇圖，因倣其意，以取其易於興感者列各卷之首，以備古人遺義，俾詩篇之全旨而玩味不厭焉。」得知作者係仿效宮廷畫家馬和之為宋高宗、孝宗手書《詩經》配圖，

4 張壽鏞《約園雜著》說：「……辛巳秋（一九四一）為公家訪書，余愛其圖繪之精，頗思請畫工摹之，而未得其人，於是僅錄其解十卷，凡六冊，後序云：『自庚午至丁亥得就初藁，至己丑冬增修始畢，前後二十餘年。』高氏用力於詩誠勤矣！惟謂：『詩之始作也，觸於魏仲初之詩脈及凌濛初聖門傳詩，嫡冢二書。』則高氏幾與吾鄉豐氏坊之見解同矣！以偽書為的脈，二十年之心血付諸無何有之鄉，惜哉！然要成為一家言，聊資參證而已。乙酉（一九四五）春，約園。」見《約園雜著》三編（上海：上海書店，一九九二年出版），卷二頁二。張氏盛讚書中圖繪精美，然對經注引偽書子貢《詩傳》，則甚為貶低其價值。

選取易於興感的詩篇繪圖，放在各卷之首，配合詩旨，以完備古人遺義，供讀詩玩賞。〈後愚詩說〉結語曰：「使為臣見而感、為子見而慕，且于圖陳稼穡之艱難，而勞人思婦宛然在目也，寧惟是悅心之助云爾。」〈詩經圖譜目〉亦曰：「圖狀其情。」「三百篇中惟賦體可以入圖，興比體皆屬虛象，然以意逆志，以備興感之由，他如淫奔離亂之什，概不登焉。」可知作者想透過繪圖來描摹詩人的感情，選繪詩篇是易於興感，教忠教孝、稼穡艱難、勞人思婦之篇，至於淫奔離亂，無關教化之什則不取焉。

鄭振鐸（一八九八—一九五八）、張壽鏞（一八七六—一九四五）為中央圖書館訪書盛讚此書圖繪具有藝術價值，張壽鏞還曾擬尋覓畫工摹之（見註腳4），但因無法覓得而作罷。今國圖託付聯經出版公司（以下簡稱聯經）揀擇高書精華圖繪付梓，這本《圖解詩經》將詩文、圖名、圖繪、款識、鈐印、題解一一呈現以饗讀者。個人有幸導讀高書，並為題解釋義，深恐體會經義，玩賞圖繪有違旨意，加以譯事信、達、雅兼具實難，但期不負高氏闡揚王化，讀詩興感，移人性情撰述深意，兼能完成國圖、聯經傳揚世寶，分享讀者珍賞美意。

檢視書中九十一幅圖繪，其中有十六幅係同時代畫家唐賢、戴峻、鄭云、王翬、高簡、□楷等人所繪詩經圖[5]，據〈後愚詩說〉曰：「故于三百篇，得其可以觀感者，與名人狀其風景，不啻置身其際。」得知高氏和這些名人畫家有交游。唐賢，生卒年不詳，字重韓，工山水。戴峻字古巖，生卒年不詳，吳縣人，山水專摹唐寅。王翬（一六三二—一七一七）字石谷，號耕煙散人、烏目山人、清暉老人，常熟人，清初傑出山水畫家，四王之首，為清代繪畫史上重要人物。高簡（一六三四—一七〇七）

為高氏宗族長輩，能詩，工山水，為模仿唐寅名家，高氏曾為其〈仿唐解元秋林書屋圖〉寫跋。鄭云、□楷則缺查尋線索，然而□楷以〈兔罝圖〉上呈皇帝，諒非等閒之輩。六位名家中除高簡外，高氏和這些文人交誼如何？如何陸續徵得他們畫作？有待更多資料釋疑。不論如何已見當時《詩經》入畫盛行，甚至有獻〈兔罝圖〉，頌揚皇上野無遺賢情事。此外書中保留王翬、高簡、戴峻等名家之作，尤具藝術價值。餘下七十六幅為作者手繪，每幅圖後附有畫意題解，僅〈兔罝圖〉、〈緇衣圖〉、〈春酒介眉圖〉三幅闕如，個人為之臆擬釋義，但願無違高氏作意。

高氏於每卷聊繪若干圖，多數是一詩一圖，若詩之內容豐富，一圖無法涵括，也有一詩二圖，如（〈女曰雞鳴〉、〈東山〉）、一詩三圖（如〈緜〉、豳雅總圖〈甫田〉則以三幅長幅描摹）、一詩十六圖（如〈七月〉）。相對的若詩之內容接近，則合併二詩或多詩為一圖（如〈采蘩〉、〈采蘋〉此幅王翬所繪，〈車攻〉、〈吉日〉，

5 唐賢（〈樛木圖〉、〈緇衣適館圖〉、〈靈台圖〉等三幅）、戴峻（〈桃夭圖〉、〈嵩高圖〉等二幅）、鄭云（〈漢南游女圖〉、〈靈雨桑田圖〉、〈箓竹圖〉、〈衡門泌水圖〉等四幅）、王翬（〈采蘩采蘋圖〉一幅）、高簡（〈甘棠圖〉、〈兩肩重錡圖〉、〈雨雪載塗圖〉、〈大田圖〉等四幅）、□楷（〈兔罝圖〉一幅），另煙波釣徒〈豳女求桑圖〉一幅，時號煙波釣徒有項聖謨（一五九七—一六五八）、查慎行（一六五〇—一七二七）、吳梅村（一六〇九—一六七一）等人，項聖謨為明末著名書畫收藏家和畫家，然在世時間和高氏無交集。查慎行是清初詩壇六家之一，在世時間和高氏接近，然未聞工畫。太倉吳梅村擅長詩詞，亦有畫作，然卒時高氏僅約十二歲，二人亦無太多交集。細查此圖題款筆跡、畫風神似高氏本人，鈐印「煙波釣徒」疑是高氏別號。

〈板〉、〈蕩〉，〈清廟〉、〈有瞽〉、〈雝〉、〈酌〉）。九十一幅圖中上色完成者有四十四幅（其中八幅非高氏所繪），不論墨繪或彩色，俱淡雅精美。

高氏以繪畫空間、視覺藝術補充抽象文字注釋，透過圖繪與題解，提煉經注神采，布局貼切、意境清新、線條簡練、筆觸淡雅，寫其大意，存其情致。其中有對一句、數句、一章、數章、整篇詩入畫者，或補充注釋，申說詩意、揣摩情感、發揚教化、讀後興感，不拘一格，隨意揮灑。如對興語物象無中生有，虛象實景的描摹：雎鳩、樛木、鹿鳴、皇華、苕草之類；實物難明的描摹：小戎板屋、大火西流、條桑插枝、萑葦曲薄、南東其畝、辟廱頖宮之類；制度難明的描摹：婦子饁饗、兕觥稱祝、以迓田祖之類；征夫思婦的描摹：卷耳、草蟲、雄雉、北堂蘐草、羊牛下來、鸛鳴婦嘆之類；讀後興感的描摹：樂世芣苢、干旄在浚、故宮禾黍、陟岵陟屺、甫田食農、景山松柏之類；稼穡艱難的描摹：于耜舉趾、築場納禾、楚茨、甫田、大田、豳雅總圖、士媚婦依之類；更多發揚教化的描摹：關雎風始、漢南游女、靈雨桑田、淇泉箓竹、緇衣適館、賢妃戒旦、東都行狩、鴻雁安宅、洛水講武、道河周嶽、僖公駉牡之類。可謂兼顧各風，展卷周人生活形貌如在眼前。畫中山水、亭橋、田園、屋舍、樹石、花鳥、禽蟲、走獸簡練傳神，人物活動栩栩如生，詩情畫意，賞心悅目，經注、題解楷書書法亦工整端莊，樸厚內蘊，是一部融合經學、文學與繪畫、書法藝術的難得佳作。

〈後愚詩說〉曰：「讀詩者知詩中有畫，即知畫中有詩。故于三百篇，得其可以觀感者，與名人狀其風景，不啻置身其際。」詩、畫是不同的藝術形式，如何通過眼

前歷歷景象，置身畫境，詩意即清晰如見？試以幾幅圖繪略說：

〈甘棠圖〉（見左圖）墨繪未上色，畫面天空、遠山幾占一半，天空留白甚多，使遠山高低起伏具變化，意境空曠渺遠。畫面下半正中畫一棵樹姿優美茂盛甘棠樹，樹後本應有田園、屋舍，特別留白以凸顯這棵召伯甘棠；右邊畫他巡視民間休憩的簡陋茅亭，左邊畫他親切和二位農民交談，其中一位扶杖長者。天空尚餘留白，題款：「甘棠圖，乙丑仲夏寫，高簡。」鈐印：簡，以裝點虛處，又記錄圖名、繪圖時間、繪圖者、蓋名字朱文方印。這幅高簡所繪〈甘棠圖〉布局虛實得宜，線條簡練，墨韻生動，精準畫出「勿剪勿伐」的甘棠樹，畫意中召伯「甘棠遺愛」詩情洋溢眼前。

〈亨葵剝棗圖〉（見左圖）墨繪上色，畫面豐富，遠空飛鳥自在，三五村落布滿畫面。遠處左上村落，一人持長竿扑棗，一人近處、一人遠處觀看。右上村落有兩人，一扶杖長者，另一形似婦女。此村和下方村落隔河，有小橋相通。中間這家人占主要畫面，田中植滿葵菜，園中棗樹結實纍纍，有三人持長竿扑棗，一人近處觀看，二人稍遠拾取掉落地上棗子。對面一側有扶杖老人帶著孩童走在棗樹林下，一位婦女在庭院牆內抬頭觀望那三人扑棗。最下方較小空白處依舊畫村落，滿樹棗實，葵圃欣欣，但無人物活動，亦無人扑棗，以虛空調節中圖的熱鬧。展卷爾地七、八月亨葵扑棗生活畫面歷歷在目，富有農村生活氣息。又此圖款識：「亨葵剝棗圖，康熙庚寅夏，後愚寫。」鈐印：高。記錄圖名、繪圖時間、繪者別號，並蓋繪者姓氏朱文方章。此圖布局工整，虛實相生，以畫意實像解釋詩句「亨葵剝棗」，然爾地簡單自足生活，養老儀節，已躍然紙上。

以上兩幅是賦體，以說故事方式繪圖，有實物可指，尚且容易理解。最難了解的是比興，尤其是興，在詩章開頭引物為說，物象中暗喻人事，虛象和人事的關係如何？

如何類比聯想？高氏於此類圖解特別盡心，如〈蓼莪圖〉（見下頁圖）墨畫未上色。畫面上方天空、河流、沙洲、芒草幾占一半。中畫南山高峻險阻。下方右畫父母已去，房舍空無一人，左畫孝子門外佇足，眼前樹欲靜而風不止，地上莪蒿幼苗，思及父母生養劬勞，孝子喟嘆是德難報。在留白的天空題款：「蓼莪，昊天罔極。」點明畫意，

責罵老天無良，子欲養而親不在。畫意依然可以生動傳達詩意，然高氏特別為圖繪題解曰：

> 蓼莪微物也，自孝子借以為比，而觸物傷情，人子能無三復。或有問曰：「子之作是圖也，誰能辨是為蓼莪也？」予曰：「正惟不能辨為蓼莪，必細加把玩，而昊天罔極，如在形象間，故有形之蓼莪存之楮上，無形之蓼莪即在目中矣。千古為人子者，能無動心乎？」

高氏深知繪圖存覽，乃風人深致，《詩》多比興，虛象實寫，有形之物存之紙上，無形感受仍須再三玩味詩意，方能畫境與詩意合一，觸目感懷。高氏將詩、畫融合為《詩經》注解，以此三例為說，期望《圖解詩經》能幫助讀者深入詩情，細體高氏讀《詩》用心與巧思。

《詩經圖譜慧解》成書至今約三百年，作者自許為傳世、傳家珍寶，然始終未受文人學士青睞。高氏廿載窮經，意想神參，細描精摹，殷切期盼同志珍賞，這份心願，如今獲得國圖、聯經完成。一部沉埋已久，幾成孤本，圖文並茂，慧解《詩經》之作，將受到廣大知音共愛之，何其令人欣慰慶幸！

庚子立秋珍玉撰於新莊樂知居

*門生浙江省博物館館員鄭丹倫為本文撰寫提供資料，特記於此致謝。

關雎

關關雎鳩，在河之洲。窈窕淑女，君子好逑。
參差荇菜，左右流之。窈窕淑女，寤寐求之。
求之不得，寤寐思服。悠哉悠哉，輾轉反側。
參差荇菜，左右采之。窈窕淑女，琴瑟友之。
參差荇菜，左右芼之。窈窕淑女，鐘鼓樂之。

關雎風始圖

題解

詩屬興體，本不能傳之景象，以關雎為起化之原。開章第一義遂于無可寫之中，畧存臆說，見虛象實景，言外入情，實則雎鳩與宮闈不相聯屬，似此寫狀，竟作意中有詩觀，而王化始於閨門，殊令人可以想慕。

釋義

詩屬於興體，本來是不能傳寫的景象，以關雎為文王教化及於南國的根源。首章「關關雎鳩，在河之洲。」就在無法可寫之中，略存個人想像。可見虛象中有實景，言外寄託情感，實則雎鳩和宮闈不相關聯。像這樣描寫物狀，竟作意中有詩看，而天子的德化始於夫妻內室，特別令人可以懷想思慕。

款識：關雎風始圖。

葛覃

葛之覃兮，施于中谷，維葉萋萋。黃鳥于飛，集于灌木，其鳴喈喈。
葛之覃兮，施于中谷，維葉莫莫。是刈是濩，為絺為綌，服之無斁。
言告師氏，言告言歸。薄污我私，薄澣我衣。害澣害否？歸寧父母。

后妃采葛圖

題解

此賦體，第一章句句皆實景也，本屬寫葛，偏見出無限景狀，真惜勞惜福之極思，千古賦體之絕調也。展玩之餘，后妃勤儉之風，彌復宛然，而西岐高曠之境，亦如在目矣。

釋義

詩屬於賦體，第一章句句都是實景，原本只是寫葛，偏見到許多景狀，真能惜勞惜福竭盡心思，是千古賦體的絕妙佳作。細讀玩味之後，后妃勤儉的風尚，更加真切，而西周岐山高曠的境界，也如在眼前。

款識：后妃采葛圖。

卷耳

采采卷耳，不盈頃筐。嗟我懷人，寘彼周行。
陟彼崔嵬，我馬虺隤。我姑酌彼金罍，維以不永懷。
陟彼高岡，我馬玄黃。我姑酌彼兕觥，維以不永傷。
陟彼砠矣，我馬瘏矣，我僕痡矣，云何吁矣。

卷耳圖

題解

此一幅懷人景象也，采卷耳與登山乘馬，意象各別，故寫其大意，而情致自在。

釋義

這是一幅懷人景象。思婦採卷耳和征夫登山乘馬，意象各自不同，因此寫其要略旨意，而情趣興致自在其中。

款識：卷耳圖。

樛木

南有樛木，葛藟纍之。樂只君子，福履綏之。
南有樛木，葛藟荒之。樂只君子，福履將之。
南有樛木，葛藟縈之。樂只君子，福履成之。

樛木圖

題解

詩未嘗有是象也，詩人意中乃有是象，故以樛木取興，即以樛木成圖，此亦無中生有之一想也。

釋義

詩未嘗有這樣的形象，詩人意中存在著這樣的形象，因此取枝幹向下彎曲的樛木為物象起興，我就以樛木繪成此圖，這也是無中生有的一種想像。

款識：樛木圖，唐賢寫。

螽斯

螽斯羽，詵詵兮。宜爾子孫，振振兮。
螽斯羽，薨薨兮。宜爾子孫，繩繩兮。
螽斯羽，揖揖兮。宜爾子孫，蟄蟄兮。

螽斯圖

題解

螽斯為椒宮蕃毓之祥，詩屬比義，乃見眾妾稱願。具此一段想象，故于無可摹狀中，聊以寫照。

釋義

蝗蟲為椒房後宮嬪妃繁育子孫的祥兆，詩以比喻見義，於是看見眾妾如心所願。具有這一段想像，因此在無可摹狀中，聊且以〈螽斯圖〉真實刻畫。

款識：螽斯圖。

桃夭

桃之夭夭，灼灼其華。之子于歸，宜其室家。
桃之夭夭，有蕡其實。之子于歸，宜其家室。
桃之夭夭，其葉蓁蓁。之子于歸，宜其家人。

桃夭圖

題解

周禮仲春令會男女，蓋桃有華時也，物象既昭，昏因正始化行，俗美於斯見矣。

釋義

《周禮・媒氏》記載，仲春時朝廷下令未及時婚配男女，可以自由約會擇偶，因為此時是桃花盛開時節，物象既已昭明，婚姻受到周文王正王道重德化影響，風俗淳美在這首詩見到了。

款識：桃夭圖，癸巳夏日戴峻寫。鈐印：古／嵒。

兔罝

肅肅兔罝，椓之丁丁。赳赳武夫，公侯干城。
肅肅兔罝，施于中逵。赳赳武夫，公侯好仇。
肅肅兔罝，施于中林。赳赳武夫，公侯腹心。

兔罝圖

題解

本篇高氏手稿無題解，欲了解詩意畫意，請參考釋義。

釋義

珍玉臆擬：詩屬於賦體，寫中林野人施網捕獸，誠得公侯信任仰賴。墨子說詩意是寫周文王在獵者中，訪求閎夭、太顛等人，授予他們國政，終於獲得西方臣服，統有天下。既有文王故實，疑此詩或用於大蒐禮，比射拔擢武人。

款識：兔罝圖，臣楷寫。鈐印：楷。

芣苢

采采芣苢，薄言采之。采采芣苢，薄言有之。
采采芣苢，薄言掇之。采采芣苢，薄言捋之。
采采芣苢，薄言袺之。采采芣苢，薄言襭之。

芣苢圖

題解

唐虞載含哺景象，有周載采芣苢景象，真化日無邊，生逢樂世不可摹狀。

釋義

唐堯虞舜時記載百姓過著吃飽喝足，悠閒無慮安樂生活的景象。周代記載婦女在野外快樂採芣苢的景象，真切反映周文王的教化廣被無邊，人們生活在樂世難以描摹的情狀。

款識：樂世茶莒圖，康熙丁丑春日寫。

漢廣

南有喬木，不可休息。漢有游女，不可求思。
漢之廣矣，不可泳思。江之永矣，不可方思。
翹翹錯薪，言刈其楚。之子于歸，言秣其馬。
漢之廣矣，不可泳思。江之永矣，不可方思。
翹翹錯薪，言刈其蔞。之子于歸，言秣其駒。
漢之廣矣，不可泳思。江之永矣，不可方思。

漢南游女圖

題解

此淫風方草，雖有出游之女，細讀此詞，句句有「不可」二字，可作箴規。

釋義

江漢一帶商紂時淫風芳草惡俗仍存，周文王時雖有出遊女子，然則細讀這首詩，句句有「不可」二字，可以作為守禮的箴戒。

款識：漢南游女圖。鈐印：鄭／云。

汝墳

遵彼汝墳，伐其條枚。未見君子，惄如調飢。
遵彼汝墳，伐其條肄。既見君子，不我遐棄。
魴魚赬尾，王室如燬。雖則如燬，父母孔邇。

汝墳圖

題解

此是寫思婦況景，條枚條肄，汝墳之婦亦善道其情。父母孔邇，真有以慰行役之苦。聖化何遠哉，然大堤之上，役役長途，此情殊堪追閱。

釋義

〈汝墳〉寫思婦景況，砍過的樹幹，再生後又砍，漫漫歲月，不見歸人，汝水岸的婦人可真善於陳述自己的情感。以魚勞尾赤、王室如燬，轉出父母（西伯）近在眼前，真能安慰丈夫行役之苦。周文王的聖明教化並不遠啊！然而大堤上的思婦，行役在長路上的征夫，這樣的情懷非常值得追懷。

款識：遵彼汝墳圖，庚寅改本。

麟趾

麟之趾，振振公子。于嗟麟兮！
麟之定，振振公姓。于嗟麟兮！
麟之角，振振公族。于嗟麟兮！

麟趾圖

題解

成周八百之祥，開于麟趾。雖屬興意，而宮闈瑞應，遂得此虛象實景，如在言思擬議間。

釋義

周代八百年國祚的祥兆，在〈麟趾〉一詩展開。此詩寫法雖屬興意，拿不殺生物的仁獸，來象徵周文王的聖德，因此宮廷有吉祥的感應，於是得到這樣的虛象實景，好像在言思擬議間構想出來的。

款識：麟趾圖。

鵲巢

維鵲有巢，維鳩居之。之子于歸，百兩御之。
維鵲有巢，維鳩方之。之子于歸，百兩將之。
維鵲有巢，維鳩盈之。之子于歸，百兩成之。

鵲巢圖

題解

前周南載桃夭圖，此于召南之首載鵲巢，總見化洽于閨門，而百輛迓百輛將，實為之子有專一之德，真不愧御輪之盛事，豈僅鋪張掞藻也。

釋義

之前有〈周南〉記載桃夭圖，這裡〈召南〉首篇記載〈鵲巢〉，都可見到周天子的教化融洽夫妻關係。而百輛馬車迎、百輛馬車娶新人，實因為她有專一之德，真不愧龐大車隊親迎盛事，難道僅只是鋪張詞藻歌頌其事嗎？

款識：鵲巢，百兩將迎圖。

草蟲

喓喓草蟲，趯趯阜螽。未見君子，憂心忡忡。亦既見止，亦既覯止，我心則降。
陟彼南山，言采其蕨。未見君子，憂心惙惙。亦既見止，亦既覯止，我心則說。
陟彼南山，言采其薇。未見君子，我心傷悲。亦既見止，亦既覯止，我心則夷。

草蟲圖

題解

其感物也真，故其詞絕無雕琢，遂為千古閨思之祖。是以草蟲雖微，而時物之變，觸目縈思矣。

釋義

詩人感物真切，因此用詞絕無雕琢，於是被推為千古閨思之祖。因為草蟲雖是微小蟲類，然而隨著季節景物的變化，望眼所見縈繞著牽掛。

款識：艸蟲。

采蘩

于以采蘩？于沼于沚。于以用之？公侯之事。
于以采蘩？于澗之中。于以用之？公侯之宮。
被之僮僮，夙夜在公。被之祁祁，薄言還歸。

采蘋

于以采蘋？南澗之濱。于以采藻？于彼行潦。
于以盛之？維筐及筥。于以湘之？維錡及釜。
于以奠之？宗室牖下。誰其尸之？有齊季女。

采蘩采蘋圖

題解

采蘩采蘋本合樂三終之什，二詩聯屬，總見主婦主籩豆之義。

釋義

〈采蘩〉、〈采蘋〉本來是合樂三終演奏的篇什，二詩是相連在一起的，整體可看見主婦主持祭祀之義。

款識：采蘩采蘋圖，王翬。

甘棠

蔽芾甘棠，勿翦勿伐，召伯所茇。
蔽芾甘棠，勿翦勿敗，召伯所憩。
蔽芾甘棠，勿翦勿拜，召伯所說。

甘棠圖

題解

舊說扶風雍縣南有召亭，係召公采地。此則循行南國時，今河南宜陽嵩洛之間，甘棠故址也。

釋義

舊說陝西扶風雍縣南有召亭，是分封給召公的采地。這是他循行南國時，在今天河南宜陽嵩洛之間，詩中甘棠樹的舊址。

款識：甘棠圖，乙丑仲夏寫，高簡。鈐印：簡。

羔羊

羔羊之皮，素絲五紽。退食自公，委蛇委蛇。
羔羊之革，素絲五緎。委蛇委蛇，自公退食。
羔羊之縫，素絲五總。委蛇委蛇，退食自公。

羔裘退食圖

題解

「節儉正直」四字，乃千古人臣本領。朱子以此想見羔羊大夫，至今委蛇退食之風，令人猶欲觀瞻也。

釋義

「節儉正直」四字，是千古人臣基本的守則。朱熹以此想像〈羔羊〉詩中的大夫，至今容止閒適下朝吃飯的風采，令人仍然希望觀賞瞻仰。

款識：羔裘退食圖。

摽有梅

摽有梅，其實七兮。求我庶士，迨其吉兮。
摽有梅，其實三兮。求我庶士，迨其今兮。
摽有梅，頃筐塈之。求我庶士，迨其謂之。

摽梅迨吉圖

題解

守貞不字，女子何得有嫁不及時之慮？必其時有狐在梁，而摽梅是咏，以懼強暴之辱，詩之所以可採也。

釋義

守貞不嫁人，女子怎會有嫁不及時的憂慮呢？必定是當時衛國有如狐狸般性淫又多疑的鰥夫，遲遲獨行河梁想求偶，而南國本有淫亂之俗，女子看到樹上梅子掉落，所剩愈來愈少，憂心自己青春不再，寄託不能及時出嫁，害怕受到強暴之辱，詩反映民情，所以可以採風問俗。

款識：摽梅待吉圖。

騶虞

彼茁者葭，壹發五豝。于嗟乎騶虞！
彼茁者蓬，壹發五豵。于嗟乎騶虞！

騶虞圖

題解

南國被化，物類繁昌，即此春田茂對之際，乃見無邊光景。

釋義

南國受到周文王的德化，草木禽獸繁殖昌盛，就在這春天田獵，以茂對時，繁育萬物的時節，於是看到廣大無邊的風光景色。

款識：騶虞圖，彼茁者葭，壹發五豝，康熙丙戌初夏寫，蓼莊。

國風・邶風

栢舟

汎彼栢舟，亦汎其流。耿耿不寐，如有隱憂。微我無酒，以敖以遊。
我心匪鑒，不可以茹。亦有兄弟，不可以據。薄言往愬，逢彼之怒。
我心匪石，不可轉也；我心匪席，不可卷也。威儀棣棣，不可選也。
憂心悄悄，慍于群小。覯閔既多，受侮不少。靜言思之，寤辟有摽。
日居月諸，胡迭而微？心之憂矣，如匪澣衣。靜言思之，不能奮飛。

栢舟圖

題解

此栢舟篇與共姜栢舟敻別，因變風之首，聊附以圖。即莊姜事亦非確據也。

釋義

這篇〈邶風・栢舟〉和寫共姜守義的〈鄘風・栢舟〉大不相同，因在變風的首篇，聊且附上圖。即便說成莊姜賢而不答，也不是有確鑿證據的。

款識：栢舟。

雄雉

雄雉于飛，泄泄其羽。我之懷矣，自詒伊阻。
雄雉于飛，下上其音。展矣君子，實勞我心。
瞻彼日月，悠悠我思。道之云遠，曷云能來？
百爾君子，不知德行。不忮不求，何用不臧。

雄雉圖

題解

雉性難馴，而以飛之紓緩取興，便欲以不忮不求相勉，意世之作行路難者，何弗誦雄雉卒章乎，涉世名言，不謂閨人道破。

釋義

雉鳥野性難以馴服，詩以雄雉飛翔舒緩為物象取譬，便是希望用不忌妒、不貪求相互勉勵。我在想世間作〈行路難〉的人，何不頌詠〈雄雉〉最後一章呢？經歷世事的箴言，不料竟被婦人說破。

款識：雄雉之詩。

國風·鄘風

栢舟

汎彼柏舟，在彼中河。髧彼兩髦，實維我儀。之死矢靡它。母也天只！不諒人只！

汎彼柏舟，在彼河側。髧彼兩髦，實維我特。之死矢靡慝。母也天只！不諒人只！

共姜栢舟圖

題解

古來氷蘗之操，至共姜栢舟一詩，素心昭挈矣。讀其「髧彼兩髦，實為我儀」句，雖丈夫無此風烈，亦語可鞭心，以下且字字泣血。本難寫狀，景仰竟日，聊作是圖，巾幗中有能三復者乎。

釋義

自古以來如飲冰食蘗堅守苦節，到了共姜〈柏舟〉一詩，可見「況挈素心侶，同傾昭曠懷」的專一。讀她「髧彼兩髦，實維我儀」句，雖是男子也無這樣的風操節烈，讀她的話語，像鞭子抽打內心，接下來所寫也是字字泣血。本來難以描寫刻劃，景仰整天，聊且畫下〈共姜柏舟圖〉，婦女中有能再三出現嗎？

款識：共姜柏舟。

定之方中

定之方中，作于楚宮。揆之以日，作于楚室。樹之榛栗，椅桐梓漆，爰伐琴瑟。
升彼虛矣，以望楚矣。望楚與堂，景山與京，降觀于桑。卜云其吉，終焉允臧。
靈雨既零，命彼倌人。星言夙駕，說于桑田。匪直也人，秉心塞淵，騋牝三千。

靈雨桑田圖

題解

勸農勸桑，人君之首務，衛文公于立國之初，星言夙駕，想見中興盛事。

釋義

鼓勵農桑，是一國之君的首要任務，衛文公在建國之初，趁著夜裡雨停，清晨命小臣駕車巡視桑田，可以想見衛國中興的盛事。

款識：桑田，鄭雲。鈐印：鄭／云。

干旄

孑孑干旄，在浚之郊。素絲紕之，良馬四之。彼姝者子，何以畀之？

孑孑干旟，在浚之都。素絲組之，良馬五之。彼姝者子，何以予之？

孑孑干旌，在浚之城。素絲祝之，良馬六之。彼姝者子，何以告之？

干旄圖

題解

素絲良馬，見賢之盛節也。千載下，猶聞之而欣幸焉。但衛多賢者，獨闕其姓氏，大夫亦不傳其姓名。諷咏之餘，彌增想嘆。

釋義

旗幟以素絲織組，駕著良馬拉的車，這是接見賢者的盛大儀節。千年以後，依然聽見而感到欣喜慶幸。但是衛國多賢者，獨缺他們的姓氏，禮賢的大夫姓名也不傳。諷頌吟詠此詩之後，更增添無限的懷想嘆美。

款識：干旄在浚圖。

國風・衛風

淇奧

瞻彼淇奧，綠竹猗猗。有匪君子，如切如磋，如琢如磨。
瑟兮僩兮，赫兮咺兮。有匪君子，終不可諼兮。
瞻彼淇奧，綠竹青青。有匪君子，充耳琇瑩，會弁如星。
瑟兮僩兮，赫兮咺兮。有匪君子，終不可諼兮。
瞻彼淇奧，綠竹如簀。有匪君子，如金如錫，如圭如璧。
寬兮綽兮，猗重較兮。善戲謔兮，不為虐兮。

篆竹圖

題解

此以篆竹興君子，原非實事，然目中有是景，意中即有是君子，虛象實理，自寓於離即間。作者知之，讀者思之，武公之睿聖，不如遇之羹墻乎。

釋義

詩以綠竹為物象，取譬君子之德，原本非實有之事，然而眼中有此景，意中就有這樣的君子，虛象中有實理，自能蘊含在不離不即間。作者心知，讀者善思之，衛武公的睿智聖明，不是像吃飯就看到他的影像出現在羹湯中，坐著便看到他的影像出現在牆上嗎？

款識：淇泉篆竹。　鈐印：鄭／云。

飛蓬

伯兮朅兮，邦之桀兮。伯也執殳，為王前驅。
自伯之東，首如飛蓬。豈無膏沐？誰適為容。
其雨其雨？杲杲出日。願言思伯，甘心首疾。
焉得諼草？言樹之背。願言思伯，使我心痗。

北堂諼草圖

題解

征夫遠道，思婦情長，諼草豈真忘憂，高堂何以代慰？詩本設想，一入圖譜，不得不空中結撰。令人思堂上何人，諼草何物，豈獨使閨中有首如飛蓬之嘆哉。

釋義

征夫遠征，思婦情長，諼草難道真能忘憂，公婆誰代你安慰？詩本來是設想之詞，一入圖譜詮釋，不得不憑空想像。令人想在堂上的是什麼人？諼草又是什麼草？難道只使得思婦有首如飛蓬的感嘆嗎？

款識：北堂萱草圖。

黍離

彼黍離離，彼稷之苗。行邁靡靡，中心搖搖。
知我者，謂我心憂；不知我者，謂我何求。悠悠蒼天，此何人哉！
彼黍離離，彼稷之穗。行邁靡靡，中心如醉。
知我者，謂我心憂；不知我者，謂我何求。悠悠蒼天，此何人哉！
彼黍離離，彼稷之實。行邁靡靡，中心如噎。
知我者，謂我心憂；不知我者，謂我何求。悠悠蒼天，此何人哉！

故宮禾黍圖

題解

自古遷都移社，未有不致凌替者，讀過宮禾黍，竟與麥秀一歌千古同嘆。

釋義

自古遷移都城社廟，未有不導致衰落敗壞的，讀經過故宮，看到禾黍成長，竟然和箕子〈麥秀歌〉同樣令人千古同嘆。

款識：故宮禾黍圖。

君子于役

君子于役，不知其期，曷至哉？雞棲于塒，日之夕矣，羊牛下來。君子于役，如之何勿思？
君子于役，不日不月，曷其有佸？雞棲于桀，日之夕矣，牛羊下括。君子于役，苟無飢渴？

羊牛下來圖

題解

征人既遠，歲月云徂。夕陽下山時，正室家思念之候也，況覩此羊牛下來，倍增感嘆，展卷間宛然思婦真景。

釋義

征夫離家既遠，歲月一天天過去。夕陽下山時，正是妻子懷念他的時候，何況看到羊牛從山上下來，加倍增添感嘆，展開這幅圖彷彿看到思婦的真實景象。

款識：羊牛下來圖。

緇衣

緇衣之宜兮，敝，予又改為兮。適子之館兮，還，予授子之粲兮。
緇衣之好兮，敝，予又改造兮。適子之館兮，還，予授子之粲兮。
緇衣之蓆兮，敝，予又改作兮。適子之館兮，還，予授子之粲兮。

緇衣適館圖

題解

本篇高氏手稿無題解，欲了解詩意畫意，請參考釋義。

釋義

珍玉臆擬：鄭武公好賢，大臣穿上他賞賜的朝服，覺得襟佩皆有餘榮。接著又設想武公為他改衣，來居處慰問他，為他準備餐食，衣食居處都是一片報德真心故事，君臣情感纏綿到底。

款識：緇衣適館圖，唐賢。

女曰雞鳴

女曰雞鳴，士曰昧旦。子興視夜，明星有爛。將翱將翔，弋鳧與鴈。
弋言加之，與子宜之。宜言飲酒，與子偕老。琴瑟在御，莫不靜好。
知子之來之，雜佩以贈之。知子之順之，雜佩以問之。知子之好之，雜佩以報之。

雞鳴昧旦圖

題解

雞鳴一詩，治家之道與宜家之道，傳寫殆盡。所謂婦德、婦功、婦言，莫過于是，不料鄭風遇之，豈其在桓武之日與？

釋義

〈雞鳴〉這首詩，治家之道和宜家之道，幾乎全寫入其中。所謂婦德、婦功、婦言，莫過於此了，沒想到在〈鄭風〉讀到，難道是在桓公、武公治理時期嗎？

款識：雞鳴昧旦圖。

琴瑟靜好圖

題解

此彌見雞鳴夫婦之賢也，夫飲酒偕老，是何等宜家之象；琴瑟靜好，又豈尋常家道哉？倡隨之義盡矣。

釋義

這圖更加看到〈雞鳴〉夫婦之賢，飲酒白頭偕老，是何等家庭和樂的景象；彈琴鼓瑟清靜美好，又豈是尋常家庭規範呢？夫唱婦隨情義盡在其中了。

款識：琴瑟靜好圖，庚寅冬補。

雞鳴

雞既鳴矣，朝既盈矣。匪雞則鳴，蒼蠅之聲。
東方明矣，朝既昌矣。匪東方則明，月出之光。
蟲飛薨薨，甘與子同夢。會且歸矣，無庶予子憎。

賢妃戒旦圖

題解

此古賢妃雞鳴戒旦之盛節也。齊風冠之於首，見創霸之初，後宮已有賢助云。

釋義

〈雞鳴〉寫古代賢妃雞鳴時警誡國君早起上朝的盛大儀節。〈齊風〉把它放在第一首，可見在齊桓公創立霸業之初，後宮就已經有賢能后妃侍君上朝儀節了。

款識：賢妃戒旦圖，戊寅。

還

子之還兮，遭我乎峱之間兮。並驅從兩肩兮，揖我謂我儇兮。
子之茂兮，遭我乎峱之道兮。並驅從兩牡兮，揖我謂我好兮。
子之昌兮，遭我乎峱之陽兮。並驅從兩狼兮，揖我謂我臧兮。

兩肩重鋂圖

題解

齊風囂競，俗尚武健，即此獵者交錯道路，而忠信禮讓，蕩然無復存矣。

釋義

齊國的風俗跋扈競爭，民俗崇尚武勇矯捷。就此二位獵人往來在道路上，而忠信禮讓，已經蕩然不再存在了。

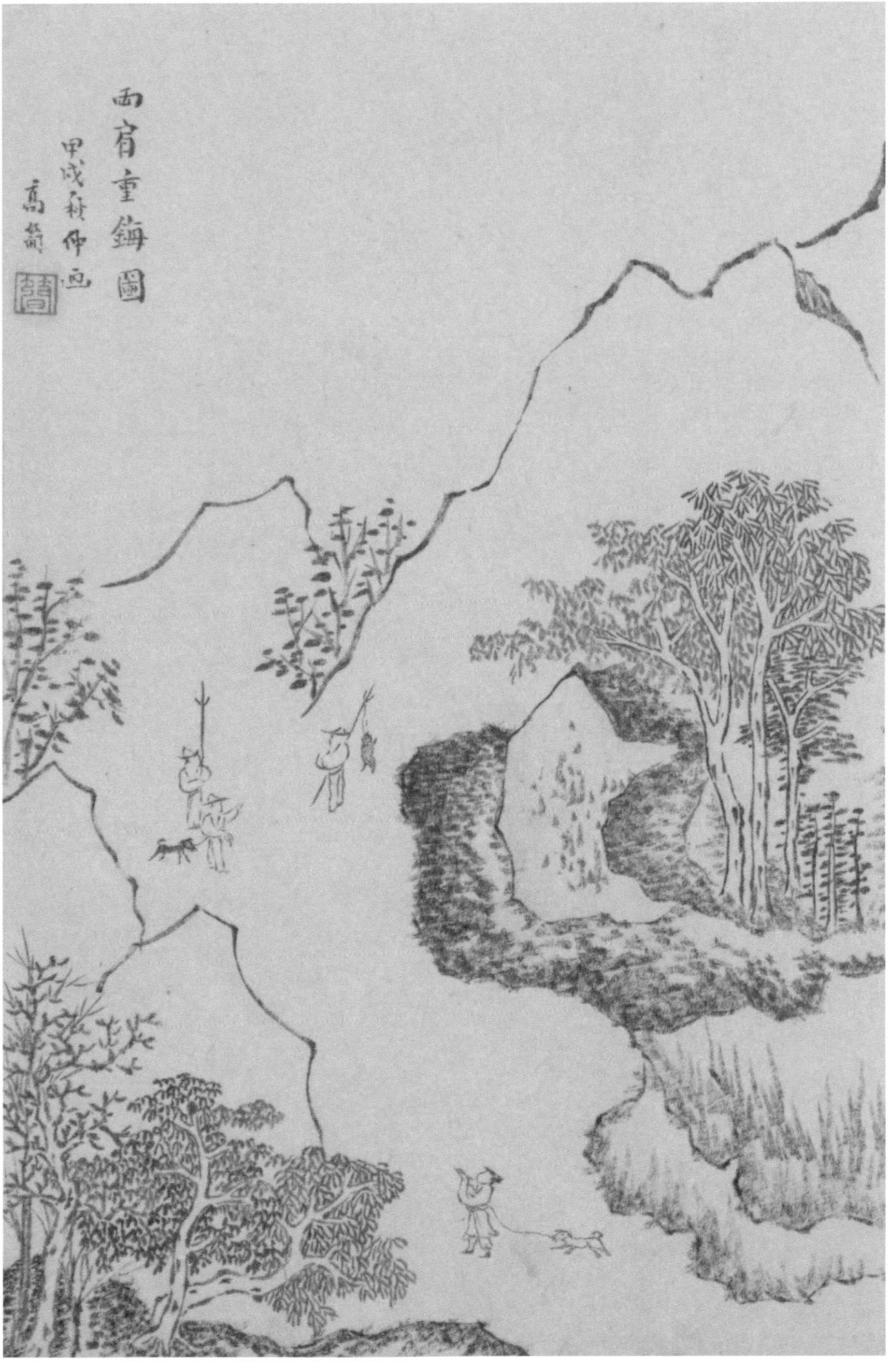

款識：兩肩重鍤圖，甲戌秋仲畫，高簡。

鈐印：簡。

陟岵

陟彼岵兮，瞻望父兮。父曰嗟予子，行役夙夜無已。上慎旃哉，猶來無止。
陟彼屺兮，瞻望母兮。母曰嗟予季，行役夙夜無寐。上慎旃哉，猶來無棄。
陟彼岡兮，瞻望兄兮。兄曰嗟予弟，行役夙夜必偕。上慎旃哉，猶來無死。

陟岵陟屺圖

題解

陟岵陟屺，真孝子不得已之極思，亦世道傷心之景象，然則千里雲山，誰無客路？凡為人子者，各宜把玩。

釋義

登岵登屺瞻望家鄉，真是孝子不得已的特殊設想，也是世道傷心的景象，然則遠隔千里雲山，誰無客途困頓經驗？凡為人子者，都應該玩味這首詩。

款識：陟岵陟屺圖，康熙庚寅重摹。

國風・唐風

蟋蟀

蟋蟀在堂，歲聿其莫。今我不樂，日月其除。無已大康，職思其居。好樂無荒，良士瞿瞿。
蟋蟀在堂，歲聿其逝。今我不樂，日月其邁。無已大康，職思其外。好樂無荒，良士蹶蹶。
蟋蟀在堂，役車其休。今我不樂，日月其慆。無已大康，職思其憂。好樂無荒，良士休休。

好樂無荒圖

題解

此唐俗歲晚務閒，役車其休時，相與宴飲為樂，而思日月之邁，其戒無荒，洵勤儉之俗，前聖之遺風也。

釋義

這是唐地習俗歲末工作閒暇，行役之車休息時，人們一起宴飲為樂，而想到歲月流逝，勸戒不可荒廢正事，實在是勤儉的習俗，有古代聖賢陶唐氏遺留下來的風氣。

款識：好樂無荒圖，康熙庚寅冬寫，蓼莊。

小戎

小戎俴收，五楘梁輈。游環脅驅，陰靷鋈續。文茵暢轂，駕我騏馵。
言念君子，溫其如玉；在其板屋，亂我心曲。
四牡孔阜，六轡在手。騏駵是中，騧驪是驂。龍盾之合，鋈以觼軜。
言念君子，溫其在邑。方何為期？胡然我念之？
俴駟孔羣，厹矛鋈錞。蒙伐有苑。虎韔鏤膺。交韔二弓，竹閉緄縢。
言念君子，載寢載興。厭厭良人，秩秩德音。

小戎兵車圖

題解

秦人尚勇，小戎一詩鋪張車甲之盛，斑斕奪目，然出自女子口中，彌覺烜赫，此風之所以霸也。

釋義

秦國人崇尚武勇，〈小戎〉這首詩鋪張兵車和鎧甲之盛，寫得花紋鮮麗，光彩奪目，然而出自女子口中，更加覺得聲勢壯大，這是秦風之所以霸氣的原因了。

款識：板屋，小戎兵車圖，後愚。

蒹葭

蒹葭蒼蒼，白露為霜。所謂伊人，在水一方。
遡洄從之，道阻且長。遡游從之，宛在水中央。
蒹葭淒淒，白露未晞。所謂伊人，在水之湄。
遡洄從之，道阻且躋。遡游從之，宛在水中坻。
蒹葭采采，白露未已。所謂伊人，在水之涘。
遡洄從之，道阻且右。遡游從之，宛在水中沚。

蒹葭秋水圖

題解

葭蒼露白，一時物色也。而伊人宛在秦隴籌躕，殊有蒼涼感嘆之況，讀註秋水時至百川灌河，可補一景。

釋義

蒹葭蒼蒼，白露如霜，是一時所見景色。而伊人縹緲在秦隴徘徊，特別有一種蒼涼感嘆的況味。讀註《莊子》：「秋水時至，百川灌河。」可以補上一景。

款識：蒹葭秋水圖。

國風·陳風

衡門

衡門之下，可以棲遲。泌之洋洋，可以樂飢。
豈其食魚，必河之魴？豈其取妻，必齊之姜？
豈其食魚，必河之鯉？豈其取妻，必宋之子？

衡門泌水圖

題解

陳在中土，風氣蕩泆，有衡泌自樂，若此，非賢者流亞與。

釋義

陳國在中原，風氣淫泆，有衡門、泌水可以自樂。如此，這位隱居之士，應非賢者同類的人物吧！

款識：衡門泌水圖。鈐印：鄭／云。

匪風

匪風發兮，匪車偈兮。顧瞻周道，中心怛兮。
匪風飄兮，匪車嘌兮。顧瞻周道，中心弔兮。
誰能亨魚，溉之釜鬵。誰將西歸，懷之好音。

西歸圖

題解

西歸一段，非實事也，設想間，即有是景象矣。作者知之，讀者思之，宛然顧瞻周道，中心惻怛光景。故詩中有畫，不可泥也。

釋義

西歸這一段，非實有其事，設想之間，就有這樣的景象。作者知此，讀者思此，彷彿回顧瞻望周道，內心悲痛憂傷的光景。所以詩中有畫，不可拘泥於文字。

款識：西歸圖。

鳲鳩

鳲鳩在桑，其子七兮。淑人君子，其儀一兮。其儀一兮，心如結兮。

鳲鳩在桑，其子在梅。淑人君子，其帶伊絲。其帶伊絲，其弁伊騏。

鳲鳩在桑，其子在棘。淑人君子，其儀不忒。其儀不忒，正是四國。

鳲鳩在桑，其子在榛。淑人君子，正是國人。正是國人。胡不萬年！

鳲鳩圖

題解

曹，小國也，無圖譜之可載，因取「鳲鳩在桑，其子七兮」，以助興感。如見曹國雖微，尚有儀一君子，并見十五國風，各備採取焉。

釋義

曹國是小國，無圖譜可以記載，因而選取「鳲鳩在桑，其子七兮」來幫助感物起興。有如見到曹國雖然微弱，尚有用心均平如一的君子。並且可見十五國風，各具備可供採取的詩歌。

款識：鵪鳩。

七月

七月流火，九月授衣。
一之日觱發，二之日栗烈。
無衣無褐，何以卒歲？
三之日于耜，四之日舉趾。
同我婦子，饁彼南畝，田畯至喜。

七月流火，九月授衣。
春日載陽，有鳴倉庚。
女執懿筐，遵彼微行，爰求柔桑。
春日遲遲，采蘩祁祁。
女心傷悲，殆及公子同歸。

七月流火，八月萑葦。
蠶月條桑，取彼斧斨，以伐遠揚，猗彼女桑。
七月鳴鵙，八月載績。
載玄載黃，我朱孔陽，為公子裳。

四月秀葽，五月鳴蜩。
八月其穫，十月隕蘀。
一之日于貉，取彼狐狸，為公子裘。
二之日其同，載纘武功。言私其豵，獻豣于公。

五月斯螽動股，六月莎雞振羽。
七月在野，八月在宇，九月在戶，
十月蟋蟀，入我牀下。
穹窒熏鼠，塞向墐戶。
嗟我婦子，曰為改歲，入此室處。

六月食鬱及薁，七月亨葵及菽，
八月剝棗，十月穫稻。
為此春酒，以介眉壽。
七月食瓜，八月斷壺，九月叔苴，
采荼薪樗，食我農夫。

九月築場圃，十月納禾稼。
黍稷重穋，禾麻菽麥。
嗟我農夫，我稼既同，上入執宮功。
晝爾于茅，宵爾索綯；
亟其乘屋，其始播百穀。

二之日鑿冰沖沖，三之日納于凌陰。
四之日其蚤，獻羔祭韭。
九月肅霜，十月滌場。
朋酒斯饗，曰殺羔羊。
躋彼公堂，稱彼兕觥，萬壽無疆。

七月流火圖

題解

豳風一詩，首言七月流火，知火星西行，遂動禦寒之念，是以農家無曆，占星可以知時，而豳俗之詳言月令，此其一也。因取渾天圖七宿星次屆夏秋之交者，布之於圖，庶七月昏中，仰瞻以自驗焉。

釋義

〈豳風〉這首詩，首句「七月流火」，知道此時火星向西而行，於是豳地的百姓有了禦寒的觀念，是以農家雖然沒有日曆，觀測星象可以知道節候變化，在〈七月〉詩裡，詳細記載豳地習俗，每個月農民的例行工作，這是其中之一。因而我取〈渾天圖〉中七宿星次到了夏秋之交時的位置，將它布局在〈七月流火圖〉上，庶幾七月黃昏天空，抬頭瞻望可以自我驗證。

款識：七月流火圖。大火西流。

九月授衣圖

題解

此豳民之當九月也，維時天氣清寒，早有禦寒之計，故家長各授之以衣，使禦寒也。設蠶事曠，而無以為寒之原則，九月又倏忽過矣。後世休其蠶織，甚至五月，賣其新絲，是誰咎歟？今邠民若以九月為授衣之定例，其為寒之計，不甚周乎？覩此即知為民生第一要務。

釋義

這是豳地百姓九月時的生活，此時天氣寒涼，他們早有禦寒的準備，因此家長分別為家人製作寒衣，讓他們穿暖禦寒。假如養蠶之事曠廢，而無法為禦寒立下原則，九月又轉眼過去了。後世停止養蠶織布，甚至到了五月，就把新絲賣掉，是誰的過錯呢？而今豳地百姓若以九月為製作寒衣的定則，那麼他們禦寒的準備，不是很周全嗎？看這幅〈授衣圖〉，就知道蠶織是民生第一重要的工作。

款識：授衣圖，蓼莊鶴。

于耜舉趾圖

題解

此豳人當三之日四之日也。夫正月則往脩田器，蓋田事未備，不可以治田。二月則舉趾而畊，耕不盡力，不可云及時，此邠民之本務也，而已見預計之勤矣。

釋義

這是豳地百姓在三月、四月（日，係周曆記月）時的生活。當一月時（夏曆，相當於周曆的三月），農民開始修理種田的工具，因為田事未先齊備，不可以種植作物。二月（夏曆，相當於周曆的四月）則舉足下田耕作，耕作不盡力，就不能說是在一定的時間完成農作，這是豳地百姓的本分工作，在這裡可以看到他們預先計畫耕作的辛勤。

款識：于耜舉趾圖。

婦子饁餉圖

題解

此耕種候，寫出農家一段極忙景象，見壯者力田，老者率婦子而餉之，是以田畯催耕，情法兼摰，豳民真能勤于本務矣！

釋義

這是耕種的節候，寫出豳地農家一段極忙的景象，可以看到年輕力壯的人勤於種田，老年人帶著婦女小孩送飯至田間，供辛苦耕種的人享用，是以國家派來的田官催促耕種，也能情與法兼顧，豳地百姓真能勤勞於本分工作啊！

款識：婦子饁餉圖。

春日求桑圖

題解

此章寫治蠶之事極有情景。一則見豳女之勤，一則可以動閨人之慕，況求桑為禦寒之本乎！篇內言公子者三，而此先伏公子同歸句，想此必有所感而發，如後世采桑女、白苧歌之類，今不可考矣。

釋義

這章寫養蠶之事，非常富有情景。一則可以看到豳地姑娘的勤勞，一則可以觸動閨人的思慕，何況採桑為禦寒的根本呢！詩內三次提到「公子」，在這裡先預伏「公子同歸」句，想此必是有所感而發，如後世的〈採桑女〉、〈白苧歌〉之類，現在已經無法考證了。

款識：豳女求桑圖。鈐印：煙波釣徒。

八月萑葦圖

題解

此豳人預為楄蠶計，而於江皋葭老之候，伐之以成其材，葦之以成其器，註云「曲薄」，猶今之葦席也。暑退初涼，想見男無暇、女無曠光景。

釋義

這是豳地百姓預先為清涼育蠶所做的工作，而在江邊濕地蒹葭已老的時節，將它砍下來當作材料，編織成養蠶容器，就是我在注解中所說的「曲薄」，猶如今天的葭葦席子。暑熱漸退天氣剛轉涼，可以想見豳地男人無閒暇，女人也不曠廢工作的情景。

款識：八月萑葦圖。

蠶月伐桑圖

題解

此預計治桑之事，虛象實景，然前此春日求桑屬女工，此蠶月伐桑，不僅婦人事，故分兩圖，且愚謂條桑是所伐之遠枝，用以栽土，以成穉桑，庶桑之日盛，故詩曰：猗彼女桑，非僅取葉，存條曰猗也，附解於此。

釋義

這是準備種桑的工作，用虛象寫實景，然此前有春天採桑，屬於女人的工作；這裡三月砍伐桑枝，不僅止於婦人的工作，因此我分別畫了兩圖，而且我以為條桑是所砍伐的遠揚枝條，用來栽種到土裡，培育成桑苗，希望桑樹一天天繁盛，所以詩中說，茂盛的嫩桑，不僅只採摘桑葉，還栽植枝條為「猗」，附帶解釋在這裡。

款識：蠶月條桑圖。

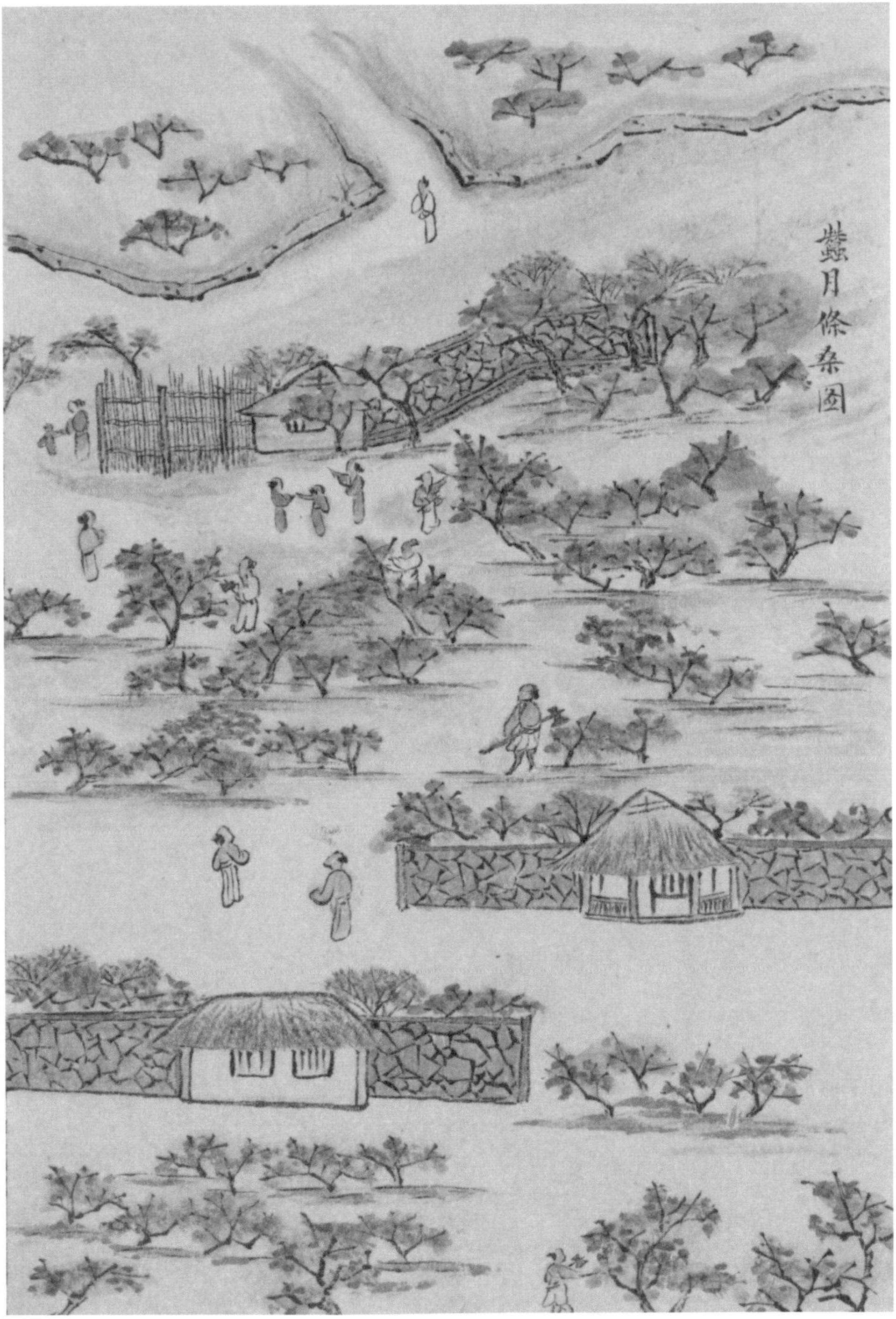

八月載績圖

題解

此豳風備言女工之事，夫鵙舌鳴載績起，于是家機戶杼，勤作之勞，半在婦職，是故一女或曠，實受之寒，邠婦可謂以勤自訓矣。且載玄載黃以為纁帛，而奉其朱色者于上，公私有辨，何待夫征里布為哉！

釋義

這首〈豳風・七月〉非常詳細描寫女工之事，當伯勞鳥鳴叫的時候，婦女就開始績麻，於是家家戶戶轉動紡織的機杼，辛勤工作的勞苦，一半屬於婦女的職責，所以只要一個婦女曠廢織布，家人將受到寒冷，豳地的婦人可以說是以勤勞自勉。而且織成黑色、黃色的布以為纁帛，而奉上其中紅色布料給豳公，公私分辨，何須等待公家向鄉里徵收布匹呢！

款識：八月載績圖，蓼莊鶴。

五月鳴蜩圖

題解

此豳人紀候之一節也。五月當仲夏之交，蜩之鳴也，感陰氣之伏；聞蜩鳴者，知寒暑催遷之易，用以紀時，驚心豈在目前哉？

釋義

這是豳地人紀錄節候的一段。五月正當進入仲夏，蟬的鳴叫，是因感受到陰氣隱藏；聽到蟬的叫聲，知道寒暑相催變遷的快速，用蟬鳴來紀時，令人驚心難道就在眼前嗎？

款識：五月鳴蜩圖。

私豵獻豜圖

題解

此一之日貉人于貉以獻裘，二之日同狩以獻豜，亦念授衣以後，而又當大寒之月，其急公奉上之誠，先以公子漸取，以備公家之用，而後及其私，禦寒之計周矣。後世此風不講，豈果民情之已瘠薄乎？

釋義

這是一月豳地百姓獵貉，取皮獻給豳公製作皮衣，二月他們會同打獵，獻上三歲大豬給豳公，也想到製作寒衣以後，又當大寒之月將來，他們急於公家而奉上所得的真誠，先讓豳公逐步取得，以提供公家所需，然後才考慮到個人，禦寒的準備可說是周詳了。後世不注重這樣的風氣，難道果然是民情已經貧瘠澆薄了嗎？

款識：私貙獻豜圖，石湖愚者。鈐印：高。

斯螽圖

題解

此邠人念寒之易至，而為之紀夫節候也。秀葽、鳴蜩，因時以記物；斯螽、莎鷄、蟋蟀，因物以知時。是豳詩月令可與夏正相表裏，讀者可不為之驚心也。

釋義

這是豳人感受寒天容易到來，而為此記下節候。遠志結實，蟬聲高唱，這是因時而記物；蝗蟲、紡織娘、蟋蟀，這是因物而知時。因此豳詩中的月令，可以和《周禮・夏小正》互為表裏，讀者可不為之感到驚訝嗎？

款識：斯螽圖。

亨葵剝棗圖

題解

此豳民養老之節也。六月則園有鬱薁，七月則圃有葵菽，至八月則棗熟可擊，亦足以供頤養。觀斯圖也，其老者扶杖棗林之下，而葵圃依然，不誠慰高年之願乎？地之厚，風之茂也。

釋義

這是豳地百姓養老的儀節。六月時則果園中有鬱李、山葡萄，七月時則菜圃中有葵菜、豆子，到了八月時則棗子成熟可以撲打，也足以供應安養老人。看這幅圖中，有位老人扶著拐杖在棗樹林下，而種葵的菜圃茂盛，不正是安慰老年人的願望嗎？豳地醇厚，民風良善啊！

款識：亭葵剝棗圖，康熙庚寅夏，後愚寫。
鈐印：高。

春酒介眉圖

題解

本篇高氏手稿無題解，欲了解詩意畫意，請參考釋義。

釋義

珍玉臆擬：豳地稻穀晚到十月才收成，農民取秫、秔之類穀物來釀春酒，十一月酒熟醇美，正好在鄉飲酒禮可供享用，祈求父母長壽，祝福豳公萬壽無疆。牛運震《詩志》說：「以上下交相忠愛為血脈，以男女室家之情為渲染。」圖中人子孝敬高堂，家庭和樂，正見豳地王者教化推行。

款識：無。

采茶薪樗圖

題解

此言豳人儉而有常也。夫瓜瓠苴菽，隨時各有其蔬，外此則茹荼以為常，柝樗以為薪，取給自便，斯不謀而食矣，故藜藿可充，邠無患貧之家也，況以果酒嘉蔬供長者，而自甘淡泊，洵可風耳。

釋義

這幅圖寫豳地百姓習以為常的節儉生活。瓜、瓠瓜、麻仔、豆子，隨著季節各有當季的蔬菜，此外則吃苦菜以為尋常，劈開臭椿樹當柴薪，生活所需自給自足，這些是無須營求就可得到的食物，因此粗劣的飯菜可充飢，豳地無憂心貧窮的人家，何況用水果、酒、稻穀來供應長者，而自己卻甘心恬淡，實在是可以歌頌啊！

款識：采茶薪樗圖。 鈐印：儕／高。

築場納禾圖

題解

前此止歷擬穫稻情景。茲十月納禾，而九月先已築場。豳風于農功之事，何其詳哉！亦見田家之不可不豫，而納稼之有定時也。

釋義

在此之前只是歷歷寫出獲稻的情景。現在十月收穀入倉，而九月已經先築好打穀場。〈豳風．七月〉於農務之事，記載何其詳細啊！也見到農家不可不預先做準備，而收莊稼入倉也有一定時間。

款識：築場納稼圖。

兕觥稱祝圖

題解

此豳風納禾之後，君民相見之遺意也。兕觥稱祝，實忠愛之心。不觀豳土，幾使尊卑闊絕，何以戴元后而示父母，斯民之意乎！讀此知君民一段真色。

釋義

這是〈豳風〉收穀入倉之後，寫君民相見的遺留旨趣。農民舉起兕觥祝福豳公萬壽無疆，實出自忠愛之心。不看〈豳風〉所描述上下交相愛之風土民情，幾使君民之愛、父子之親疏遠，將何以尊天子，示為父母之道。此豳土而有〈七月〉之意，讀此見到君民間一段真實景象。

款識：躋堂稱祝圖，庚寅仲夏寫，儕鶴。

東山

我徂東山，慆慆不歸。
我來自東，零雨其濛。
我東曰歸，我心西悲。
制彼裳衣，勿士行枚。
蜎蜎者蠋，烝在桑野。
敦彼獨宿，亦在車下。

我徂東山，慆慆不歸。
我來自東，零雨其濛。
果臝之實，亦施于宇。
伊威在室，蠨蛸在戶。
町畽鹿場，熠燿宵行。
不可畏也，伊可懷也。

款識：東山靈雨圖。

東山零雨圖（一）

題解

此周公東歸遇雨，句句可與從軍行、無家別參看。然悔吝去而得利貞，非恆情可擬。

釋義

這圖寫周公東征西歸遇雨，句句都可與〈從軍行〉、〈無家別〉對照參看。然如何讓憂虞離開而得到和諧貞正，不是常情可以形容。

我徂東山，慆慆不歸。
我來自東，零雨其濛。
鸛鳴于垤，婦歎于室。
洒掃穹窒，我征聿至。
有敦瓜苦，烝在栗薪。
自我不見，于今三年。

我徂東山，慆慆不歸。
我來自東，零雨其濛。
倉庚于飛，熠燿其羽。
之子于歸，皇駁其馬。
親結其縭，九十其儀。
其新孔嘉，其舊如之何。

東山零雨圖(二)

題解

此東歸而念征人將至室廬光景。蓋三年行役，途中所見鸛鳴于垤，又是陰雨之徵，因憶婦嘆如是，洒掃如是，頓覺百端交集，而瓜苦栗薪，宛然在望。甚矣！遠人之苦，盡入詩篇矣。

款識：東歸圖二，鸛鳴婦嘆。

釋義

這圖寫東歸而摹擬征夫將回到家屋舍景況。因三年行役，途中看到鸛雀在蟻塚上鳴叫，將是陰雨徵兆，因而想到妻子嘆息如此，灑掃如此，立刻覺得百感交集，而家園苦瓜長在堆積的柴薪上，依稀在望。唉！到極點了！遠征士兵的苦，全都寫入詩篇了。

小雅

鹿鳴

呦呦鹿鳴，食野之苹。我有嘉賓，鼓瑟吹笙。
吹笙鼓簧，承筐是將。人之好我，示我周行。
呦呦鹿鳴，食野之蒿。我有嘉賓，德音孔昭。
視民不恌，君子是則是傚。我有旨酒，嘉賓式燕以敖。
呦呦鹿鳴，食野之芩。我有嘉賓，鼓瑟鼓琴；
鼓瑟鼓琴，和樂且湛。我有旨酒，以燕樂嘉賓之心。

鹿鳴圖

題解

此成周燕賓大典，不可不載以圖，然鼓瑟承筐一覽易盡，因借興意點綴，聊為開卷之助，而朝廷禮賢之意在想像間也。

釋義

〈鹿鳴〉寫成周燕饗賓客大典，不可不以圖來描繪，然而彈瑟娛賓、奉賓幣帛，一覽無遺，因而藉鹿鳴食萍物象加以點綴，聊且作為詩篇開頭的幫助，而朝廷禮賢之意存在於想像間。

款識：鹿鳴。

皇皇者華

皇皇者華，于彼原隰。侁侁征夫，每懷靡及。
我馬維駒，六轡如濡。載馳載驅，周爰咨諏。
我馬維騏，六轡如絲。載馳載驅，周爰咨謀。
我馬維駱，六轡沃若。載馳載驅，周爰咨度。
我馬維駰，六轡既均。載馳載驅，周爰咨詢。

皇華圖

題解

為千古使臣寫照，山川景物皆在使臣目中，此詩卻君心上，代為寫出，故屬興體，而虛象實景歷歷如畫。

釋義

此圖為千古使臣真實刻畫，山川景物都在使臣眼中，這首詩卻在君心上，代替他寫出來，因此屬於興體，在虛象中實景歷歷如畫。

款識：皇華遣使圖。

采薇

采薇采薇，薇亦作止。曰歸曰歸，歲亦莫止。
靡室靡家，玁狁之故；不遑啟居，玁狁之故。
采薇采薇，薇亦柔止。曰歸曰歸，心亦憂止。
憂心烈烈，載飢載渴。我戍未定，靡使歸聘。
采薇采薇，薇亦剛止。曰歸曰歸，歲亦陽止。
王事靡盬，不遑啟處。憂心孔疚，我行不來。
彼爾維何？維常之華。彼路斯何？君子之車。
戎車既駕，四牡業業。豈敢定居？一月三捷。
駕彼四牡，四牡騤騤。君子所依，小人所腓。
四牡翼翼，象弭魚服。豈不日戒，玁狁孔棘。
昔我往矣，楊柳依依；今我來思，雨雪霏霏。
行道遲遲，載渴載飢。我心傷悲，莫知我哀。

雨雪圖

題解

此想見王事靡盬，而在塗戍役之苦，雪滿弓刀，歷歷在目，采薇一作，實風以義也。

釋義

這圖可以想見王事不停息，而征夫行軍戍守的辛苦，大雪覆滿弓刀，歷歷出現在眼前，〈采薇〉一詩，實以義來教化啊！

款識：雨雪載塗。

鈐印：簡。

車攻

我車既攻，我馬既同。四牡龐龐，駕言徂東。
田車既好，四牡孔阜。東有甫草，駕言行狩。
之子于苗，選徒囂囂。建旐設旄，搏獸于敖。
駕彼四牡，四牡奕奕。赤芾金舄，會同有繹。
決拾既佽，弓矢既調。射夫既同，助我舉柴。
四黃既駕，兩驂不猗。不失其馳，舍矢如破。
蕭蕭馬鳴，悠悠旆旌。徒御不驚，大庖不盈。
之子于征，有聞無聲。允矣君子，展也大成。

吉日

吉日維戊，既伯既禱。田車既好，四牡孔阜。升彼大阜，從其群醜。
吉日庚午，既差我馬。獸之所同，麀鹿麌麌。漆沮之從，天子之所。
瞻彼中原，其祁孔有。儦儦俟俟，或群或友。悉率左右，以燕天子。
既張我弓，既挾我矢。發彼小豝，殪此大兕。以御賓客，且以酌醴。

吉日攻車圖

題解

想見宣王中興盛事，攻車、吉日合為一景。王者有事田獵，實借以壯軍容，消積玩之氣，然中興之世又不得不然。

釋義

看圖可以想見周宣王中興盛事，我將〈攻車〉（詩題作車攻）、〈吉日〉合併為一景。天子號召諸侯舉行田獵，實是借以壯盛軍容，消除積久玩忽的氣習，然而在中興之世又不得不如此做。

款識：東都行狩。

鴻雁

鴻雁于飛，肅肅其羽。之子于征，劬勞于野。爰及矜人，哀此鰥寡。
鴻雁于飛，集于中澤。之子于垣，百堵皆作。雖則劬勞，其究安宅。
鴻雁于飛，哀鳴嗷嗷。維此哲人，謂我劬勞。維彼愚人，謂我宣驕。

鴻雁圖

題解

覩澤中之鴻鴈，便知流民安集，宣王中興之象，謀民者能不為之動念乎？

釋義

看到水澤中棲息的鴻雁，便知流民已經被安集，這是周宣王中興景象，為民謀劃者能不為之思量嗎？

款識：鴻雁安宅圖。

庭燎

夜如何其？夜未央。庭燎之光。君子至止，鸞聲將將。
夜如何其？夜未艾。庭燎晣晣。君子至止，鸞聲噦噦。
夜如何其？夜鄉晨。庭燎有煇。君子至止，言觀其旂。

問夜圖

題解

深宮問夜，總在想像中，而鸞聲至止與庭燎之光，都是早朝本色。一展卷時，所謂未央前殿者，斯何景象乎，勤政之主宜留意焉。

釋義

深宮問夜已何時，總是在想像中，而馬鸞鈴聲漸近和宮庭火把燃燒之光，都是準備早朝的真實景象。一打開這張圖，所謂未央宮的前殿，這是什麼景象啊！勤政的一國之主應該留意啊！

款識：問夜圖。

無羊

誰謂爾無羊？三百維群。誰謂爾無牛？九十其犉。爾羊來思，其角濈濈；爾牛來思，其耳濕濕。
或降于阿，或飲于池，或寢或訛。爾牧來思，何蓑何笠，或負其餱。三十維物，爾牲則具。
爾牧來思，以薪以蒸，以雌以雄。爾羊來思，矜矜兢兢，不騫不崩。麾之以肱，畢來既升。
牧人乃夢，眾維魚矣，旐維旟矣。大人占之：眾維魚矣，實維豐年；旐維旟矣，室家溱溱。

考牧圖

題解

讀考牧第二章，宛然一幅牛羊放牧圖。其曰或降于阿，或飲于池，或寢或吪；又曰爾牧來思，何蓑何笠，或負其餱，真是富庶景象。末寫牧人乃夢一段，幻絕。

釋義

讀牧事有成第二章，彷彿一幅牛羊放牧圖。詩中寫到牛群有些從山上下來，有些在池塘喝水，有些睡有些動；又寫道你的牧人來了，披著蓑衣戴著斗笠，還帶著乾糧，真是富庶的景象。詩末寫牧人於是做個好夢一段，虛幻至極了！

款識：牧事有成。

蓼莪

蓼蓼者莪，匪莪伊蒿。哀哀父母！生我劬勞。
蓼蓼者莪，匪莪伊蔚。哀哀父母！生我勞瘁。
缾之罄矣，維罍之恥。鮮民之生，不如死之久矣。
無父何怙？無母何恃？出則銜恤，入則靡至。
父兮生我，母兮鞠我，拊我畜我，長我育我，
顧我復我，出入腹我。欲報之德，昊天罔極。
南山烈烈，飄風發發。民莫不穀，我獨何害？
南山律律，飄風弗弗。民莫不穀，我獨不卒。

蓼莪圖

題解

蓼莪微物也，自孝子借以為比，而觸物傷情，人子能無三復。

或有問曰：「子之作是圖也，誰能辨是為蓼莪也？」予曰：「正惟不能辨為蓼莪，必細加把玩，而昊天罔極，如在形象間，故有形之蓼莪存之楮上，無形之蓼莪即在目中矣。千古為人子者，能無動心乎？」

釋義

蓼莪不過是微物，自從孝子借它為比，而看到它就感傷，為人子女能不再三讀這首詩嗎？

或有人問我：「你畫這幅圖，誰能分辨是蓼莪呢？」我回答：「正因為不能分辨蓼莪，必須細加玩味，而老天無情，子欲養而親不在，有如在形象間，所以有形的蓼莪畫在紙上，無形的蓼莪就在眼前了。千古為人子女者，能不被感動嗎？」

款識：蓼莪，昊天罔極。

北山

陟彼北山，言采其杞。偕偕士子，朝夕從事。王事靡盬，憂我父母。

溥天之下，莫非王土。率土之濱，莫非王臣。大夫不均，我從事獨賢。

四牡彭彭，王事傍傍。嘉我未老，鮮我方將，旅力方剛，經營四方。

或燕燕居息，或盡瘁事國，或息偃在牀，或不已于行。

或不知叫號，或慘慘劬勞，或棲遲偃仰，或王事鞅掌。

或湛樂飲酒，或慘慘畏咎，或出入風議，或靡事不為。

王事鞅掌圖

題解

王事賢勞，固大夫之常分，詩特為父母之憂而作也。觀此四牡彭彭，如見經營四方之意，孝子忠臣各宜存省。

釋義

王事劬勞，固然是大夫的本分，這首詩特為父母之憂而寫。看這四匹公馬奔走不息貌，彷彿見到經營四方之意，孝子、忠臣各自應該心存省思。

款識：王事鞅掌，北山詩。
鈐印：儕。

楚茨

楚楚者茨，言抽其棘。自昔何為？我蓺黍稷。
我黍與與，我稷翼翼。我倉既盈，我庾維億。
以為酒食，以享以祀，以妥以侑，以介景福。
濟濟蹌蹌，絜爾牛羊，以往烝嘗。
或剝或亨，或肆或將。祝祭于祊，祀事孔明。
先祖是皇，神保是饗。孝孫有慶，報以介福，萬壽無疆。
執爨踖踖，為俎孔碩，或燔或炙。
君婦莫莫，為豆孔庶。為賓為客，獻酬交錯。
禮儀卒度，笑語卒獲。神保是格，報以介福，萬壽攸酢。
我孔熯矣，式禮莫愆。工祝致告，徂賚孝孫。
苾芬孝祀，神嗜飲食。卜爾百福，如幾如式。
既齊既稷，既匡既敕。永錫爾極，時萬時億。
禮儀既備，鐘鼓既戒。孝孫徂位，工祝致告。
神具醉止，皇尸載起。鼓鐘送尸，神保聿歸。
諸宰君婦，廢徹不遲。諸父兄弟，備言燕私。
樂具入奏，以綏後祿。爾殽既將，莫怨具慶。
既醉既飽，小大稽首。神嗜飲食，使君壽考。
孔惠孔時，維其盡之。子子孫孫，勿替引之。

楚茨圖

題解

此田事初興之始，而芟夷墾闢，見先農治地之維艱，是以黍與稷翼，為祭祀張本。然豳雅言農事最詳，而以楚茨發其端也。

釋義

這是農業初興的開始，而除草開闢土地，可見農夫祖先開墾土地的艱辛，因此黍和稷長得茂盛，預伏收成後祭祀的依託。然豳雅記載農事最為詳細，而以〈楚茨〉這首詩為開端。

款識：楚茨圖。

信南山

信彼南山，維禹甸之。畇畇原隰，曾孫田之。我疆我理，南東其畝。
上天同雲，雨雪雰雰。益之以霢霂，既優既渥，既霑既足，生我百穀。
疆埸翼翼，黍稷彧彧。曾孫之穡，以為酒食。畀我尸賓，壽考萬年。
中田有廬，疆埸有瓜。是剝是菹，獻之皇祖。曾孫壽考，受天之祜。
祭以清酒，從以騂牡，享于祖考。執其鸞刀，以啟其毛，取其血膋。
是烝是享，苾苾芬芬，祀事孔明。先祖是皇，報以介福，萬壽無疆。

南山圖

題解

此治田為力農之始，亦祭祀之原也。夫彊理不治，則水道不清，水道不清，則稼穡不治。是以畝必有遂，由遂而通四旁，遂入溝，溝外有洫，一成之水皆會焉。由洫而廣，二尋者為澮，其大者為川，一同之水聚焉。然田自直來，水從橫去，故曰：其遂東入于溝，則其畝南；其遂南入于溝，則其畝東，別無疑障。而必備是圖者，以淺而易見，舉目而即知，且以重治田之貴乎水利也。

釋義

這圖可見整治田畝是從事農業的根本，也是祭祀的本原。如果疆界不先釐定，則水道劃分不清，水道劃分不清，則農事無法推動。所以田畝必有遂，由遂通向四邊，遂流入溝，溝外有洫，一成範圍的水都會合於此。比洫更寬，二尋的為澮，大於澮的為川，一同範圍的水匯聚在此。然而田從直來，水從橫去，所以說：田間的遂東向流入溝，則田畝朝南；如果遂南向流入溝，則田畝朝東，毫無了解困難。然而必備〈南東其畝圖〉，是因圖淺而易見，抬眼觀看就明瞭，也了解到重視農業以做好水利為可貴。

款識：南東其畝。

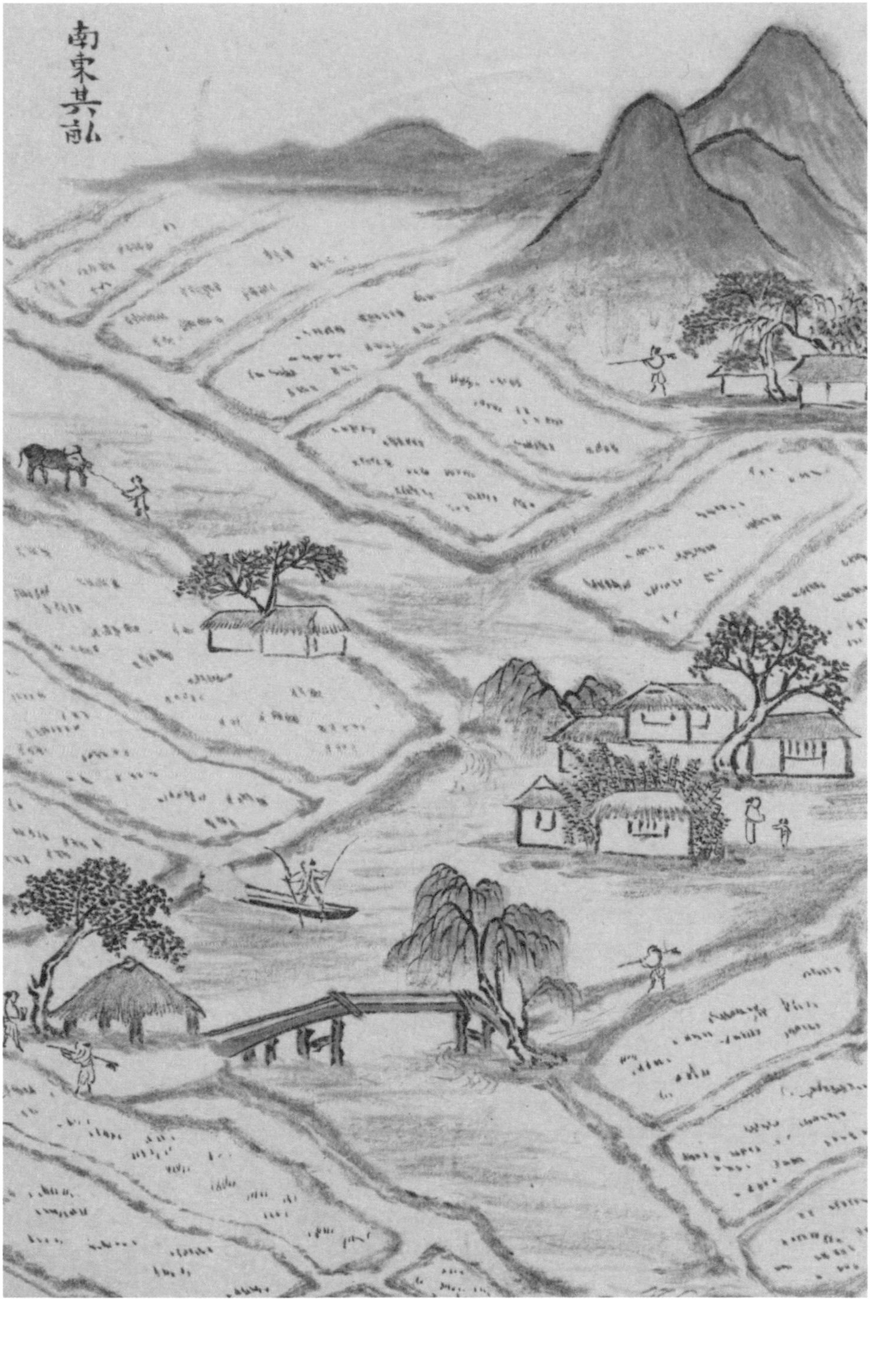

甫田

倬彼甫田，歲取十千。我取其陳，食我農人，自古有年。
今適南畝，或耘或耔，黍稷薿薿。攸介攸止，烝我髦士。
以我齊明，與我犧羊，以社以方。我田既臧，農夫之慶。
琴瑟擊鼓，以御田祖。以祈甘雨，以介我稷黍，以穀我士女。
曾孫來止，以其婦子，饁彼南畝。田畯至喜，攘其左右，嘗其旨否。
禾易長畝，終善且有。曾孫不怒，農夫克敏。
曾孫之稼，如茨如梁；曾孫之庾，如坻如京。乃求千斯倉，乃求萬斯箱。
黍稷稻粱，農夫之慶。報以介福，萬壽無疆。

甫田圖

題解

豳雅四篇，獨甫田一詩，備載重農之節。首言省耘，即以食農為急，乃知春秋補助實始于此，故其詞曰：「我取其陳，食我農人」，何等愷切，是不得不繪圖而留覽焉。

釋義

豳雅四篇，獨〈甫田〉一詩，備載重視農業的儀節。首章寫視察耕種，就是以供給農夫食物為急，於是知道春秋補助實開始於此，所以詩中寫道：「我取舊糧，讓我的農人吃。」這是何等誠懇真切，所以不得不繪圖供存覽啊！

款識：甫田，食農圖。

大田

大田多稼，既種既戒，既備乃事，以我覃耜，俶載南畝。
播厥百穀，既庭且碩，曾孫是若。
既方既皁，既堅既好，不稂不莠。去其螟螣，及其蟊賊，無害我田穉。
田祖有神，秉畀炎火。
有渰萋萋，興雨祁祁；雨我公田，遂及我私。
彼有不穫穉，此有不斂穧；彼有遺秉，此有滯穗，伊寡婦之利。
曾孫來止，以其婦子，饁彼南畝，田畯至喜。
來方禋祀，以其騂黑，與其黍稷，以享以祀，以介景福。

大田圖

題解

田家風景不可不備一則，觀大田詩，真農事之祖。

釋義

田家風景不可不畫上一幅，看這大田詩，真是農事的始祖。

款識：甲申仲春，高簡畫，大田圖。
鈐印：簡。

瞻彼洛矣

瞻彼洛矣，維水泱泱。君子至止，福祿如茨。韎韐有奭，以作六師。

瞻彼洛矣，維水泱泱。君子至止，鞸琫有珌。君子萬年，保其家室。

瞻彼洛矣，維水泱泱。君子至止，福祿既同。君子萬年，保其家邦。

洛水講武圖

題解

洛水本屬會諸侯而講武，不過東都一事，詩人特舉而美之，以見安不忘危意。韎韐鞸琫是詩中點綴，若說天子自御戎服則陋矣！故有文事，必有武備，于圖亦寓一則。

釋義

洛水本屬會諸侯而講武，不過東遷洛邑一事，詩人特別提出來頌美之，以見安不忘危之意。衣服、刀飾只是詩中的點綴，如果說是天子御用軍服則淺陋了！所以有文德教化之事，必有軍事方面的設施，在圖繪中也留下一幅寄託此意。

款識：洛水講武。

苕之華

苕之華，芸其黃矣。心之憂矣，維其傷矣。
苕之華，其葉青青。知我如此，不如無生。
牂羊墳首，三星在罶。人可以食，鮮可以飽。

苕華草黃圖

題解

此周室衰微，征役不息，有民不聊生光景，是以苕華興嘆，草黃生嗟，觀斯圖者，能無感乎？此小雅之極變也。

釋義

這是周室衰微，征役不停息，有民不聊生的景象，因此以陵苕花起興感嘆，花黃將落發出嗟歎，看這幅圖的人，能沒有感觸嗎？這是〈小雅〉寫社會已到極盡變化了。

款識：苕華草黃圖。

題解

大田圖前已分見，大意未能摹畫，故合豳疋景狀，別為長幅。但楚茨南山皆祀事，大田又直敘農功，惟甫田點綴生色，故作圖三頁。從俶載南畝始，寫到琴瑟擊鼓，以迓田祖，見望雨之誠。次寫曾孫來止，至攘其左右，見勸農之切。末寫如坻如京，斯倉斯廂之象。而遺秉滯穗，借大田以補綴焉，以見豐穰之慶。況三時之苦，頃刻在目，而力食之原，尤宜留覽者也。

釋義

大田圖在前面已經分別可見，然而大意未能摹畫，因此整合豳雅四詩景況，另畫長幅。然而〈楚茨〉、〈信南山〉皆寫祭祀之事，〈大田〉又直接敘寫農事，惟有〈甫田〉點綴生色，所以畫上三頁。「迓田祖」圖，從開始耕種南畝起，畫到彈琴瑟擊鼓，以迎農神后稷，見到望雨之誠。「攘其左右」圖，接著畫周天子來了，到取左右食物，見他勉勵農夫的殷切。「斯倉斯廂」圖，最後畫穀物收成如山陵、如高丘，裝滿倉庫、載滿車廂的景象。另外「遺稺」圖，遺留田中的禾把稻穗，則借〈大田〉這首詩補綴「斯倉斯廂」圖，以見穀物豐收的歡欣。何況三季的辛苦，頃刻間呈現眼前，而致力謀食的根源，更應該留存觀覽。

豳雅總圖(一) 迓田祖

豳雅總圖(二) 攘其左右

豳雅總圖(三) 斯倉斯箱，遺穉

緜

緜緜瓜瓞。民之初生，自土沮漆。古公亶父，陶復陶穴，未有家室。
古公亶父，來朝走馬，率西水滸，至于岐下。爰及姜女，聿來胥宇。
周原膴膴，堇荼如飴。爰始爰謀，爰契我龜。曰止曰時，築室于茲。
迺慰迺止，迺左迺右；迺疆迺理，迺宣迺畝。自西徂東，周爰執事。
乃召司空，乃召司徒，俾立室家。其繩則直，縮版以載，作廟翼翼。
捄之陾陾，度之薨薨，築之登登，削屢馮馮。百堵皆興，鼛鼓弗勝。
迺立皋門，皋門有伉；迺立應門，應門將將。迺立冢土，戎醜攸行。
肆不殄厥慍，亦不隕厥問。柞棫拔矣，行道兌矣。混夷駾矣，維其喙矣。
虞芮質厥成，文王蹶厥生。予曰有疏附，予曰有先後，予曰有奔奏，予曰有禦侮。

豳居圖

題解

周本紀云，后稷生不窋，不窋末年，夏后氏政衰，去稷弗務。太康時也，不窋以失官而奔戎翟閒，生鞠，鞠生公劉，公劉自西戎遷豳而涉渭取材，是時，百泉溥原頓成京國。公劉卒，子慶節立，慶節卒，子皇僕立，皇僕卒，子差弗立，差弗卒，子毀隃立，毀隃卒，子公非立，公非卒，子高圉立，高圉卒，子亞圉立，亞圉卒，子公叔祖類立，類卒，子古公亶父立，其去公劉十餘世矣，邠土更非昔比，陶穴為家，何締造之艱也。

釋義

〈周本紀〉記載：后稷生不窋，不窋末年，夏后氏政治衰亡，去除農官不用。太康時不窋因為失官而逃亡戎狄間，生鞠，鞠生公劉，公劉自西戎遷徙豳地渡過渭水，尋找可以安居之地，當時，百泉廣大平原頓時成為京城。公劉卒，子慶節立，慶節卒，子皇僕立，皇僕卒，子差弗立，差弗卒，子毀隃立，毀隃卒，子公非立，公非卒，子高圉立，高圉卒，子亞圉立，亞圉卒，子公叔祖類立，類卒，子古公亶父立，他的時代距離公劉已十餘世了，豳地更非昔日可以相比，挖洞穴為家，創建周室是如何的艱難啊！

款識：豳居圖。

款識：古公遷岐圖。

古公遷岐圖

題解

此周家王業初開之象，故率西走馬至周原膴膴一段，皆見祖宗之艱難締造也。

釋義

這是周家王業剛開創的景象，因此沿著豳地西邊溪水，騎馬到岐山周原沃土這一段，都可見到祖宗艱難創業的經過。

款識：閒田，虞芮質成圖。

虞芮質成圖

題解

蘇氏曰：「虞在陝之平陸，芮在同之馮翊，平陸有閒原焉。」想見朝周時，讓耕讓畔，男女別於路光景。此聖人之大化，不得不留覽焉。

釋義

蘇轍《詩傳》說：「虞在陝西的平陸，芮在陝西同州的馮翊，平陸地方有閒原。」想見虞芮爭地朝周時，看到農人不爭田界，男女分道而行的景象。這是聖人的偉大德化，不得不留圖觀覽啊！

靈臺

經始靈臺，經之營之。庶民攻之，不日成之。經始勿亟，庶民子來。
王在靈囿，麀鹿攸伏。麀鹿濯濯，白鳥翯翯。王在靈沼，於牣魚躍。
虡業維樅，賁鼓維鏞。於論鼓鐘，於樂辟廱。
於論鼓鐘，於樂辟廱。鼉鼓逢逢，矇瞍奏公。

款識：靈臺圖，唐賢寫。

靈臺圖

題解

文囿之樂，實有一段民情，令千載下可以想見，故白鳥麀鹿皆成靜象。

釋義

周文王養禽獸的園林之樂，實有一段與民同樂願望，令千年以後可以想見，因此白鶴、牝鹿都成了靜謐的景象。

款識：辟廱圖。

辟廱圖

題解

攷諸古傳，文王二十九年伐崇，作靈臺，高二十丈，周四百二十步，上平無屋，近辟廱。而辟雍之制，周如圜璧，壅以水，辟圓法天，壅水以象教化之流行，俾王太子、王子、羣后之太子、卿大夫、元士之適子、國之俊選皆造焉。又曰辟者，辟有德也，廱取其雍和也。周遂以為天子之制，若諸侯之學，形如半璧，謂之泮宮，與辟廱有辨焉。

釋義

查考古書記載，文王二十九年伐崇，建靈臺，高二十丈，周圍四百二十步，上平無屋頂，靠近辟廱。而辟雍的形制，周圍如圓璧，以水阻隔，辟圓效法天，以水阻隔象徵教化的流行，使得王太子、王子、公卿諸侯的太子，卿大夫、天子之士的嫡子、國家的俊士選士都來此讀書。又說辟的意思，是效法有德也，廱取其雍和也。周於是以為天子的制度，猶如諸侯的學宮，形狀如半圓形的璧，謂之泮宮，與辟廱形制有別。

卷阿

有卷者阿，飄風自南。豈弟君子，來游來歌，以矢其音。
伴奐爾游矣，優游爾休矣。豈弟君子，俾爾彌爾性，似先公酋矣。
爾土宇昄章，亦孔之厚矣。豈弟君子，俾爾彌爾性，百神爾主矣。
爾受命長矣，茀祿爾康矣。豈弟君子，俾爾彌爾性，純嘏爾常矣。
有馮有翼，有孝有德，以引以翼。豈弟君子，四方為則。
顒顒卬卬，如圭如璋，令聞令望。豈弟君子，四方為綱。
鳳凰于飛，翽翽其羽，亦集爰止。藹藹王多吉士，維君子使，媚于天子。
鳳凰于飛，翽翽其羽，亦傅于天。藹藹王多吉人，維君子命，媚于庶人。
鳳凰鳴矣，于彼高岡。梧桐生矣，于彼朝陽。菶菶萋萋，雝雝喈喈。
君子之車，既庶且多，君子之馬，既閑且馳。矢詩不多，維以遂歌。

卷阿圖

題解

以卷阿之地，發出如許箴規，為千古名臣進諷張本，覩斯圖也，其知君臣之良會乎？

釋義

在蜿蜒曲折的大陵之地，召康公發出如此勸誡規諫周成王，為千古有名賢臣進言諷諫的起源，看這幅圖，能了解君臣間美好的聚會吧！

款識：卷阿矢音圖。

民勞

民亦勞止，汔可小康。惠此中國，以綏四方。
無縱詭隨，以謹無良。式遏寇虐，憯不畏明？柔遠能邇，以定我王。
民亦勞止，汔可小休。惠此中國，以為民逑。
無縱詭隨，以謹惛怓。式遏寇虐，無俾民憂。無棄爾勞，以為王休。
民亦勞止，汔可小息。惠此京師，以綏四國。
無縱詭隨，以謹罔極。式遏寇虐，無俾作慝。敬慎威儀，以近有德。
民亦勞止，汔可小愒。惠此中國，俾民憂泄。
無縱詭隨，以謹醜厲。式遏寇虐，無俾正敗。戎雖小子，而式弘大。
民亦勞止，汔可小安。惠此中國，國無有殘。
無縱詭隨，以謹繾綣。式遏寇虐，無俾正反。王欲玉女，是用大諫。

民勞圖

題解

民勞則國勢可憂，故幽厲以來，征役不息，民生其時，焉得有小康之一日哉？詩之同列相戒，有自來矣。

釋義

人民勞苦則國勢可憂，因此從幽王、厲王以來，征戰行役不停息，人民生活在此時，豈能有溫飽安樂的一天嗎？詩中同朝為官者互相告誡，有其由來啊！

款識：民勞。

板

上帝板板，下民卒癉。出話不然，為猶不遠。靡聖管管，不實於亶。猶之未遠，是用大諫。
天之方難，無然憲憲。天之方蹶，無然泄泄。辭之輯矣，民之洽矣；辭之懌矣，民之莫矣。
我雖異事，及爾同僚。我即爾謀，聽我囂囂。我言維服，勿以為笑。先民有言，詢于芻蕘。
天之方虐，無然謔謔。老夫灌灌，小子蹻蹻。匪我言耄，爾用憂謔。多將熇熇，不可救藥。
天之方懠，無為夸毗。威儀卒迷，善人載尸。民之方殿屎，則莫我敢葵。喪亂蔑資，曾莫惠我師。
天之牖民，如壎如篪，如璋如圭，如取如攜。攜無曰益，牖民孔易。民之多辟，無自立辟。
价人維藩，大師維垣，大邦維屏，大宗維翰。懷德維寧，宗子維城。無俾城壞，無獨斯畏。
敬天之怒，無敢戲豫；敬天之渝，無敢馳驅。昊天曰明，及爾出王；昊天曰旦，及爾游衍。

蕩

蕩蕩上帝，下民之辟。疾威上帝，其命多辟。天生烝民，其命匪諶。靡不有初，鮮克有終。

文王曰咨，咨女殷商。曾是彊禦，曾是掊克；曾是在位，曾是在服。天降慆德，女興是力。

文王曰咨，咨女殷商。而秉義類，彊禦多懟。流言以對，寇攘式內。侯作侯祝，靡屆靡究。

文王曰咨，咨女殷商。女炰烋于中國，斂怨以為德。不明爾德，時無背無側。爾德不明，以無陪無卿。

文王曰咨，咨女殷商。天不湎爾以酒，不義從式。既愆爾止，靡明靡晦。式號式呼，俾晝作夜。

文王曰咨，咨女殷商。如蜩如螗，如沸如羹。小大近喪，人尚乎由行。內奰于中國，覃及鬼方。

文王曰咨，咨女殷商。匪上帝不時，殷不用舊。雖無老成人，尚有典刑。曾是莫聽，大命以傾。

文王曰咨，咨女殷商。人亦有言，顛沛之揭。枝葉未有害，本實先撥。殷鑒不遠，在夏后之世。

板蕩圖

題解

板蕩二詩，原無圖譜可傳。然此時君聽不聰，羣小類聚，而天變民怨，憂國者指之而嘆也。詩曰：「殷鑒不遠」，獨不可存此圖以為鑒乎？此圖有九閽閉隔，羣小滿廷之象。

釋義

〈板〉、〈蕩〉二詩，原先我未繪圖可供留傳，然而此時國君不能明察是非，眾小人同類相聚，而天變民怨，憂國者指出它而感嘆。詩中說：「殷商亡國的借鑒不遠」，獨不可存此圖以為借鑑嗎？此圖有皇帝的宮門關閉阻隔，滿廷都是眾小人的景象。

款識：板蕩。

崧高

崧高維嶽，駿極于天。維嶽降神，生甫及申。維申及甫，維周之翰。四國于蕃，四方于宣。
亹亹申伯，王纘之事。于邑于謝，南國是式。王命召伯，定申伯之宅。登是南邦，世執其功。
王命申伯，式是南邦。因是謝人，以作爾庸。王命召伯，徹申伯土田。王命傅御，遷其私人。
申伯之功，召伯是營。有俶其城，寢廟既成，既成藐藐；王錫申伯，四牡蹻蹻，鉤膺濯濯。
王遣申伯，路車乘馬。我圖爾居，莫如南土。錫爾介圭，以作爾寶。往近王舅，南土是保。
申伯信邁，王餞于郿。申伯還南，謝于誠歸。王命召伯，徹申伯土疆。以峙其粻，式遄其行。
申伯番番，既入于謝，徒御嘽嘽。周邦咸喜，戎有良翰。不顯申伯，王之元舅，文武是憲。
申伯之德，柔惠且直。揉此萬邦，聞于四國。吉甫作誦，其詩孔碩；其風肆好，以贈申伯。

崧高圖

題解

崧高維嶽不過作頌之由，傳之圖譜，即想見崧生嶽降為間出之偉人，亦知大臣之不可易視也。

釋義

崇高的太嶽不過是作頌的理由，我將它繪圖留傳，就可想見出生在崇高山嶽，每隔一段時間出現的偉人，亦可以知道大臣之不可以輕視啊！

崧高維嶽，寫嵩嶽之高峻，下有三人，指高山而稱祝光景。

崧高維嶽
寫嵩嶽之高峻下有三人指高山而稱祝光景
嶽降圖
戴峻寫

款識：嶽降圖，戴峻寫。

烝民

天生烝民，有物有則。民之秉彝，好是懿德。天監有周，昭假于下，保茲天子，生仲山甫。
仲山甫之德，柔嘉維則。令儀令色，小心翼翼；古訓是式，威儀是力。天子是若，明命使賦。
王命仲山甫：式是百辟，纘戎祖考，王躬是保。出納王命，王之喉舌。賦政于外，四方爰發。
肅肅王命，仲山甫將之；邦國若否，仲山甫明之。既明且哲，以保其身。夙夜匪解，以事一人。
人亦有言：柔則茹之，剛則吐之。維仲山甫，柔亦不茹，剛亦不吐；不侮矜寡，不畏彊禦。
人亦有言：德輶如毛，民鮮克舉之。我儀圖之，維仲山甫舉之；愛莫助之，袞職有闕，維仲山甫補之。
仲山甫出祖，四牡業業，征夫捷捷，每懷靡及。四牡彭彭，八鸞鏘鏘。王命仲山甫，城彼東方。
四牡騤騤，八鸞喈喈。仲山甫徂齊，式遄其歸。吉甫作誦，穆如清風。仲山甫永懷，以慰其心。

吉甫作誦圖

題解

讀崧高蒸民詩，一則曰「吉甫作誦」，再則曰「吉甫作誦」，吉甫其古之詞臣歟，于此知朝庭黼黻盛治不可無人也。

釋義

讀〈崧高〉、〈烝民〉詩，前首說「吉甫作誦」，後首也說「吉甫作誦」，吉甫是古代文學侍從之臣吧！於此可知朝廷文章在盛世之治不可無人啊！

款識：吉甫作誦。

清廟

於穆清廟，肅雝顯相。濟濟多士，秉文之德。
對越在天，駿奔走在廟。不顯不承，無射於人斯。

有瞽

有瞽有瞽，在周之庭。設業設虡，崇牙樹羽。
應田縣鼓，鞉磬柷圉。既備乃奏，簫管備舉。
喤喤厥聲，肅雍和鳴，先祖是聽。我客戾止，永觀厥成。

清廟圖

題解

頌詩大半祭祀之樂歌，冠以清廟，凡有瞽、雍、勺諸篇，樂舞大備。惟上奏登歌，朱絃疏越，一倡而三人從之嘆，有遺音者矣。故讀聲詩，請觀于周樂。

釋義

頌詩大半是祭祀的樂歌，以〈清廟〉為第一篇，加上〈有瞽〉、〈雍〉、〈勺〉這幾篇，樂舞已大備了。只要祭典樂師登堂演奏升歌，琴瑟之聲流暢舒緩，一人領唱而三人隨從他嘆，餘韻無窮啊！因此讀樂歌，請考察周朝的音樂和舞蹈。

款識：清廟圖。

載芟

載芟載柞，其耕澤澤。千耦其耘，徂隰徂畛。
侯主侯伯，侯亞侯旅，侯彊侯以。
有嗿其饁，思媚其婦，有依其士。
有略其耜，俶載南畝。播厥百穀，實函斯活。
驛驛其達，有厭其傑。厭厭其苗，綿綿其麃。
載穫濟濟，有實其積，萬億及秭。
為酒為醴，烝畀祖妣，以洽百禮。
有飶其香，邦家之光。有椒其馨，胡考之寧。
匪且有且，匪今斯今，振古如茲。

士媚婦依圖

題解

此豳頌載芟篇，田家一景宛然見，主伯亞旅有嗿其饁，而士媚婦依，兼得田家之樂，是雖報賽而敘其事，然讀之可以勸農。

釋義

這幅圖畫豳頌〈載芟〉篇，田家生活一景清晰可見，家長、長子、仲叔、子弟們吃著餉田飯菜發出聲音，且丈夫愛護妻子，妻子順從丈夫，同時獲得田家生活樂趣，因此雖寫豐收謝神祭典而敘農耕之事，然讀此詩可以鼓勵農民耕作。

款識：士媚婦依圖。

般

於皇時周，陟其高山。
墮山喬嶽，允猶翕河。
敷天之下，裒時之對，時周之命。

道河周嶽圖

題解

此周王大一統之後，欲答海隅仰望之心，故道河周岳，為一時盛典，非侈遊覽以動四方也。文中子曰：「舜一歲巡四嶽，國不費而民不勞」，後世仰焉。陟山之入周，頌其繼虞之良規矣。

釋義

這是周武王大一統之後，欲報答僻遠地方人民依託之心，因此巡守河嶽，成為一時盛典，並非鋪張遊覽以驚動四方。文中子說：「舜一年巡狩四嶽，國家不花錢且人民不勞苦」，受到後世景仰。周武王登山巡視周土，詩人歌誦他能繼承虞舜的良好規範。

款識：道河周嶽圖，康熙壬辰仲夏重寫，後愚。鈐印：高。

駉

駉駉牡馬，在坰之野。薄言駉者，有驈有皇，有驪有黃，以車彭彭。思無疆，思馬斯臧。
駉駉牡馬，在坰之野。薄言駉者，有騅有駓，有騂有騏，以車伾伾。思無期，思馬斯才。
駉駉牡馬，在坰之野。薄言駉者，有驒有駱，有駵有雒，以車繹繹。思無斁，思馬斯作。
駉駉牡馬，在坰之野。薄言駉者，有駰有騢，有驔有魚，以車祛祛。思無邪，思馬斯徂。

僖公駉牡圖

題解

春秋時惟魯稱秉禮之國，然積衰之後，寓以富強，牧馬其亦急務乎！而詩乃以思無邪為訓，庶不致流於襍霸矣！所思不甚遠哉，孔子有感于此，知所關不淺也。

釋義

春秋時代惟有魯國稱得上是秉持禮法之國，然而在長期衰弱之後，寄託以富強，修馬政也是其中急務吧！而詩乃以魯僖公善思為告誡，庶幾不致流於王道攙雜霸道治理國家，所思豈不長遠嗎？孔子也有感於思無不合道，知道和此詩「思無邪」關聯不淺。

款識：僖公駉牡圖。

泮水

思樂泮水，薄采其芹。魯侯戾止，言觀其旂。其旂茷茷，鸞聲噦噦。無小無大，從公于邁。
思樂泮水，薄采其藻。魯侯戾止，其馬蹻蹻。其馬蹻蹻，其音昭昭。載色載笑，匪怒伊教。
思樂泮水，薄采其茆。魯侯戾止，在泮飲酒。既飲旨酒，永錫難老。順彼長道，屈此群醜。
穆穆魯侯，敬明其德。敬慎威儀，維民之則。允文允武，昭假烈祖。靡有不孝，自求伊祜。
明明魯侯，克明其德。既作泮宮，淮夷攸服。矯矯虎臣，在泮獻馘。淑問如皋陶，在泮獻囚。
濟濟多士，克廣德心。桓桓于征，狄彼東南。烝烝皇皇，不吳不揚。不告于訩，在泮獻功。
角弓其觩，束矢其搜。戎車孔博，徒御無斁。既克淮夷，孔淑不逆。式固爾猶，淮夷卒獲。
翩彼飛鴞，集于泮林。食我桑黮，懷我好音。憬彼淮夷，來獻其琛。元龜象齒，大賂南金。

泮水圖

題解

此僖公中興之盛事，觀夫親視泮宮，無小無大，靡不樂從。即采泮芹，飲旨酒，鸞旂載道，足為千秋文教生色。

釋義

這圖寫魯僖公中興的盛事，看他親自視察學宮，不論成人、小子，無不欣然隨從。即便是入學，喝美酒，繡著鸞鳥旗幟儀仗滿路，也足以為千秋文教增添光彩。

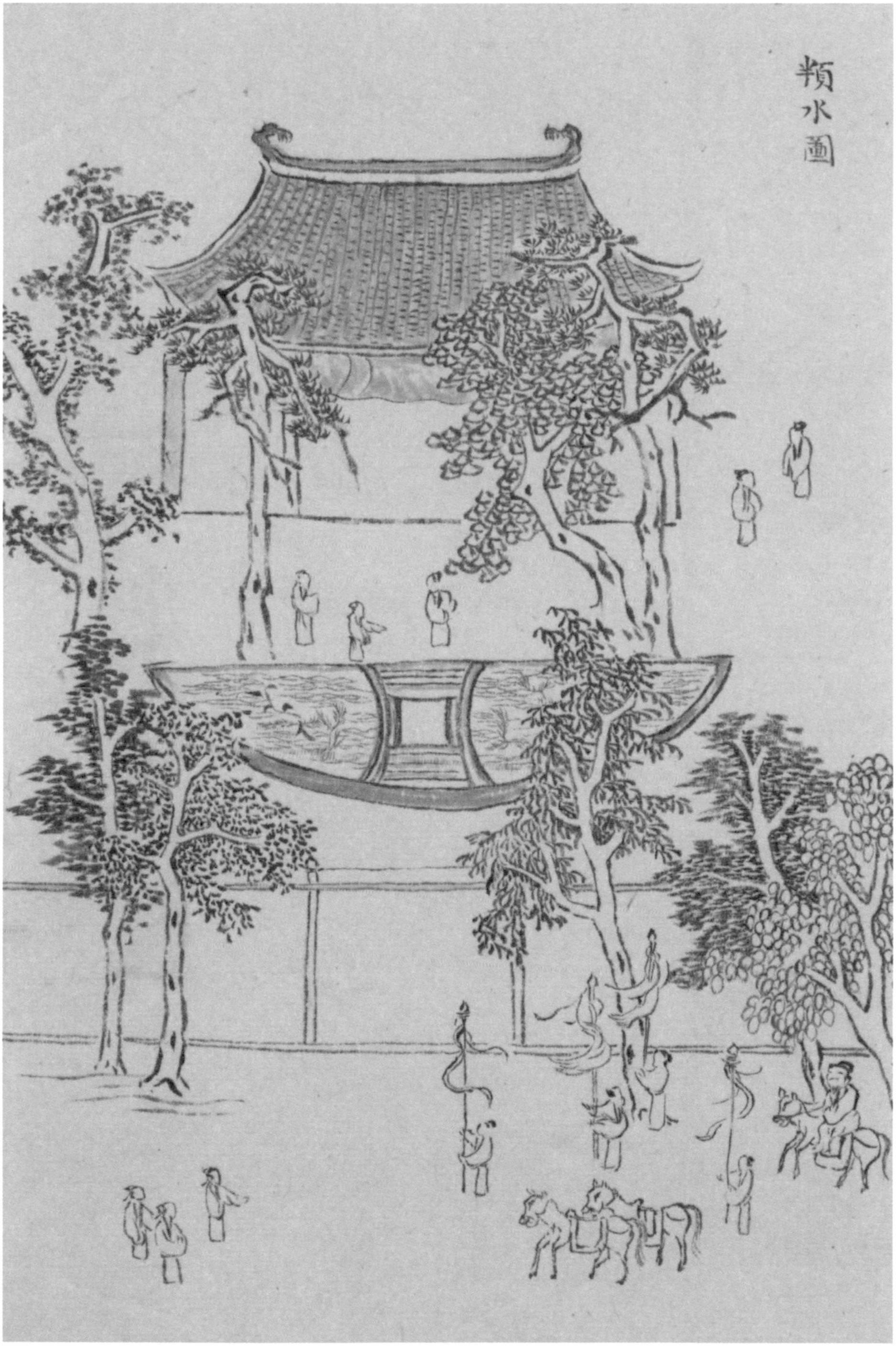

款識：頮水圖。

殷武

撻彼殷武，奮伐荊楚。罙入其阻，裒荊其旅。有截其所，湯孫之緒。
維女荊楚，居國南鄉。昔有成湯，自彼氐羌。莫敢不來享，莫敢不來王。曰商是常。
天命多辟，設都于禹之績。歲事來辟，勿予禍適。稼穡匪解。
天命降監，下民有嚴。不僭不濫，不敢怠遑。命于下國，封建厥福。
商邑翼翼，四方之極。赫赫厥聲，濯濯厥靈。壽考且寧，以保我後生。
陟彼景山，松柏丸丸。是斷是遷，方斲是虔。松桷有梴，旅楹有閑，寢成孔安。

景山松柏圖

題解

讀商詩「寢成孔安」句，三百十一篇完矣。觸陟彼景山，松栢丸丸意，知一時盛事，而作廟之良不易也，故亦以是圖終篇云。

釋義

讀商詩「寢成孔安」這句，寢廟建成神有所依則安，安則有百世不遷之意，三百十一篇也結束了。感受「登上景山，松栢挺拔」詩意，知道這是一時盛事，而特別新高宗廟以安其神是如此不容易，因此也以〈景山松柏圖〉結束商詩。

款識：商詩末，景山松柏圖。

附錄

詩情書意
——《詩經圖譜慧解》

國家圖書館退休同仁　盧錦堂

正文卷端首行於書名卷次下，記「刪後正脉」四字，次行署「長洲高儕鶴蓼莊父譔述」。接於正文有著者後序，首稱「詩譜之始作也，觸於魏仲初之詩脈，及凌濛初聖門傳詩嫡冢二書（案俱明人所著），遂自庚午（康熙二十九年，一六九〇）至丁亥（康熙四十六年，一七〇七），績思程課，得就粗稿。至己丑（康熙四十八年，一七〇九）冬，增修始畢，前後屈指已二十餘年」云云，卷十尾題後，又記曰：「康熙五十二年癸巳（一七一三）五月十日長洲高儕鶴重訂畢」，自「得就粗稿」，經「增修畢」，至此「重訂畢」，可稱第三次稿，但其中圖繪多有著色未完成者，知非定本。足見著者不苟於撰述。

書名中的「圖」、「譜」各何所指，正文前〈詩經圖譜目〉於題下即注稱：「圖狀其情也，譜彙子夏、子貢、申、毛、韓、鄭、朱子及各傳家而合參者言。」而著者對詩旨的詮釋，於正文前的〈後愚詩說〉，即其自序中，亦明白表達所採取的說法：「詩之有序與傳也，猶易之有彖、象、文言，春秋之有三傳也。如序、傳可廢，

慧解詩圖稿未傳，以經證史間書年。
易於興感足供賞，持誦關雎活手邊。

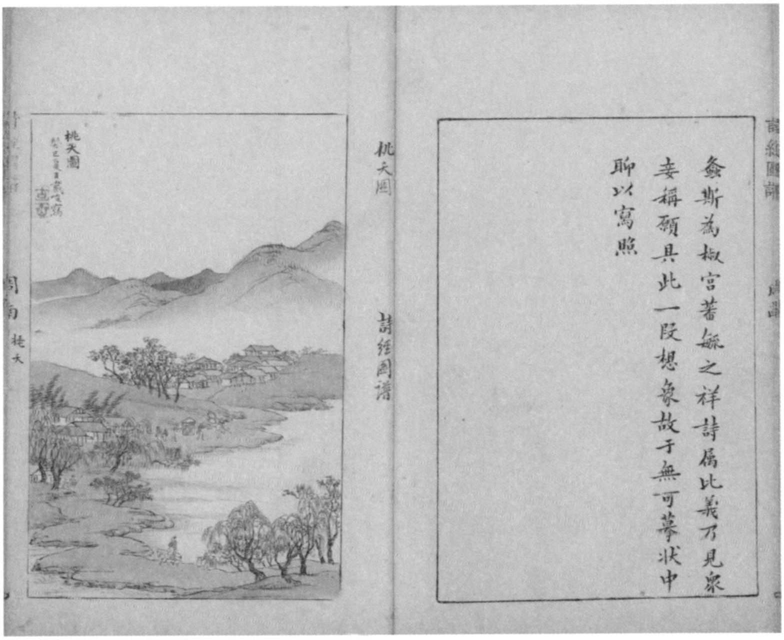

《詩經圖譜慧解》

詩之原委，茫然無端，亦何從摹狀其性情、窺尋其體貌乎？」因此，「于說詩之意，不背乎朱子；序詩之由，必附以序傳，庶好古者不致執卷而坐暗室矣。」又，「茲于篇什之倫次，仍依集傳，于序、傳二書，用以參詳。」可見著者大抵折衷於子夏小序、子貢詩傳、朱子集傳諸家之間。

為使詩旨更為彰顯，〈後愚詩說〉中繼而提及：「詩既各有所指矣，比閱竹書、春秋三傳，具有實事，遂用綱目例，標之章句之首。而確有可證者，間用編年，蓋以經證史，以史合經，彌復較然。」再者，接著〈後愚詩說〉的，有〈詩義參詳〉，列引用書目一〇八種；其次又有〈詩經圖譜慧解引義〉，包括古今源流辨、詩家源流、論序、論樂歌、論子貢詩傳諸篇，提供讀者重要論題資料，以便研究。此外，要說到最吸引人目光的，當推書中繪圖：二南凡十八圖、變風凡三十六圖、小雅凡十八圖、大雅凡十圖、三頌凡六圖，圖後附文，堪稱圖文並茂；彩繪完全者尤為精彩，可謂賞心悅目。〈詩經圖譜目〉開始即說明：「三百篇中惟賦體可以入圖，與比體皆屬虛象，然以意逆志，以備興感之由，他如淫奔離亂之什，概不登焉。」著者於卷一的二南十八圖目後又表示：「三百篇之繪圖也，其來舊矣，曾覽類書、畫譜，載宋孝宗朝命工部侍郎馬和之繪三百篇圖，因做其意，以取其易於興感者列各卷之首，以備古人遺義，俾詩篇之全旨而玩味不厭焉。」則知詩圖所取材大抵不離傳統詩教。〈後愚詩說〉最後結語亦強調「詩之附以圖譜也，亦風人之餘致也」，「使為臣見而感、為子見而慕，且于圖陳稼穡之艱難，而勞人思婦宛然在目也，寧惟是悅心之助云爾。」

書末附〈家訓〉，仍不忘「興感」，以為「今人儲仇（英）、唐（寅）畫一幅，懸之，見聞不加益，學問不加長，性情不終移」，實在不如此編，耗時二十餘年，窮稽博考，彰明聖賢正旨，「使文人學士之心，一見而生興感，且山川風物，展卷而得異趣，寧非千古以來之珍賞乎？」著者亦因而視此編為「傳家世寶」，他在〈家訓〉上說：「不可假借於人，致遺失污損，令渠無限苦心為不肖子孫輕擲也。」又說若遇適宜時機，不反對刊刻行世，但規定：「不可攙入俗解，失此真面目也。」其對此編的重視，不難想見。說來，這部讓人驚喜的佳作之能入藏本館，似乎頗經一番波折。戰時，協助本館前身中央圖書館蒐購珍貴古籍的「文獻保存同志會」成員鄭振鐸，於民國二十九年五月一日寫給另一成員張壽鏞的信中，提及此編，說：「中國書店又交來《詩經圖譜》一部，計十二（疑為「二十」之誤）冊，繪畫甚佳，是『美術』品，非僅『著作』也。初索價甚昂，經數日之接洽，大約可以八百元收之。如嫌過昂，則還之可也。惟彼輩擬攜寧（南京），售之某奸，故甚躊躇，不欲放手。乞鑑閱並裁決。」想必後來裁決收購，故現藏本館善本書庫。幸甚！險甚！

（原載《全國新書資訊月刊》第一四二期，民國九十九年十月號）

註：《詩經圖譜慧解》十卷二十冊／（清）高儕鶴撰／清康熙間著者第三次手稿本／特藏編號〇〇三〇一／版匡高十九．八公分，寬十四．八公分。四周單邊。每半葉九行，行二十二字。版心白口，下方刻「高子撰錄」字樣。

圖解詩經

2020年11月初版　定價：新臺幣580元
2023年12月初版第五刷　贈品版新臺幣850元

著　者　高　儕　鶴
審訂者　呂　珍　玉
叢書主編　陳　永　芬
文字整理　姜　又　寧
校　對　楊　翰
　　　　陳　佩　伶
版型設計　FE設計工作室
內文排版　江　宜　蔚
封面設計　謝　佳　穎

合作出版：國家圖書館
地址：台北市中山南路20號
電話：（02）2361-9132
傳真：（02）2382-6986

出版者　聯經出版事業股份有限公司
地址　新北市汐止區大同路一段369號1樓
叢書主編電話　（02）86925588轉5306
台北聯經書房　台北市新生南路三段94號
電話　（02）23620308
郵政劃撥帳戶第0100559-3號
郵撥電話　（02）23620308
印刷者　文聯彩色製版印刷有限公司
總經銷　聯合發行股份有限公司
發行所　新北市新店區寶橋路235巷6弄6號2樓
電話　（02）29178022

副總編輯　陳　逸　華
總編輯　涂　豐　恩
總經理　陳　芝　宇
社長　羅　國　俊
發行人　林　載　爵

行政院新聞局出版事業登記證局版臺業字第0130號

本書如有缺頁，破損，倒裝請寄回台北聯經書房更換。
ISBN 978-957-08-5611-8 (精裝)
471條碼 4711132388367 (贈品版精裝)
聯經網址：www.linkingbooks.com.tw
電子信箱：linking@udngroup.com

國家圖書館出版品預行編目資料

圖解詩經/高儕鶴著．呂珍玉審訂．初版．新北市．聯經．
2020年11月．216面．17×23公分
ISBN　978-957-08-5611-8（精裝）
471條碼　4711132388367（贈品版精裝）
[2023年12月初版第五刷]

1.詩經　2.注釋

831.12　　109013536